www.ingramcontent.com/pod-product-compliance
Lightning Source LLC
LaVergne TN
LVHW050758051026
849532LV00008B/2907
* 9 7 8 9 3 6 9 0 8 0 9 9 1 *

آج کل کے رومان

(افسانے / حصہ: 2)

مرتب:

فضلِ حق قریشی

Aajkal ke Romaan : Part-2 *(Short Stories)*

by: Fazl-e-Haq Qureshi

Edition: October '2025

Publisher :

Taemeer Publications LLC (Michigan, USA / Hyderabad, India)

ISBN 978-93-6908-099-1

کتاب	:	**آج کل کے رومان: ۲** (افسانے)
مرتب	:	**فضلِ حق قریشی**
صنف	:	فکشن
ناشر	:	تعمیر پبلی کیشنز (حیدرآباد، انڈیا)
سالِ اشاعت	:	۲۰۲۵ء
صفحات	:	۷۸
سرورق ڈیزائن	:	تعمیر ویب ڈیزائن

فہرست

مقدمہ

ایک زمانہ تھا کہ عورت کو اور خصوصاً مسلمان عورت کو گھر کی چار دیواری میں گھونگھٹ یا نقاب کے پس پردہ اس درجہ دبا لچا کر رکھا جاتا تھا گویا وہ کوئی منت کی چیز تھی کہ جہاں غیر کی نگاہ پڑی اور بس اس کی تاثیر گئی اسی لیئے بقول حضرت نیاز اس کو اسباب آرائش و زیبائش کی کم مایہ جنسوں کی طرح قابل بیع و شرے چیز قرار دیا جاتا تھا۔ خدا بھلا کرے سرسید مرحوم کا کہ انھوں نے تعلیم نسواں پر نہ صرف زور دیا بلکہ عملی طور پر اس طرح پرچار کیا کہ عورت بھی دنیا میں ایک زندہ چیز سمجھی جانے لگی تاہم ضروری آزادی اس صدی کے ربع اول تک بھی اس کو نصیب نہ ہو سکی۔ عورت نے اپنی اہمیت کا لوہا منوانے کے لیئے ہر شعبۂ زندگی کی طرف قدم اُٹھایا۔ حتیٰ کہ میدان ادب میں بھی کسی سے پیچھے رہنا گوارا نہ کیا۔ تاہم خاندان کے کسی قدر قدامت پسند بزرگوں نے اس کے افکار و خیالات پر احتساب کی مہریں لگانی شروع کیں۔ مگر تابہ کے۔ دریا کا پانی بند کے ذریعے عارضی طور پر رک ضرور جاتا ہے مگر جمع ہو کر کسی نہ کسی وقت اسے توڑ ڈالنے کے لئے عورت کے دل کی سرگوشیاں بھی انجام کار تکلم بلیغ بنے بغیر نہ رہ سکیں۔ اس مجموعے کے افسانہ نگاروں کی صف میں اردو زبان کی وہ بلند پایہ اہل قلم خواتین شامل ہیں جن کے رشحاتِ قلم رہتی دنیا قائم رہیں گے۔ ان میں زیادہ تر ایسی ہستیاں ہیں جو شروع ہی سے ادبی ذوق کی حامل تھیں۔ مگر ازدواجی زندگی کی منزل

میں قدم رکھنے سے قبل آسمانِ صحافت پر جلوہ گر نہ ہو سکیں۔ اِس حقیقت کا اظہار ان میں سے اکثر نے اپنے ان مختصر حالاتِ زندگی میں کیا ہے۔ جو ترتیب وار ان کے افسانوں سے قبل شامل اوراق ہیں۔ اِن حقائق کو مدِنظر رکھتے ہوئے یہ گمان ہوتا ہے کہ ایسے گوہر ابھی اور موجود ہوں گے جنھیں قلب صدف سے نکلنے کا موقع نہیں ملا ہے۔

اِس مجموعے میں صرف خواتین کے قلم سے لکھے ہوئے اَفسانے شامل ہیں۔

اُمید ہے کہ اہلِ نظر اور صاحبِ ذوق حضرات اِس کوشش کو بہ نظر پسندیدگی دیکھیں گے۔

تعارف : طاہرہ دیوی شیرازی

اس حقیقت سے کوئی انکار نہیں کرسکتا کہ ماں دنیا کی عظیم ترین نعمت ہے۔ باپ بیٹے ایک دوسرے سے برگشتہ ہوجاتے ہیں۔ بھائی بہن آپس کی مخالفت پر کمر کس لیتے ہیں۔ میاں بیوی کے درمیان جدائی اور افتراق کے طوفانی سمندر کی موجیں اٹھنے لگتی ہیں لیکن ماں کا دل اولاد کی الفت سے کبھی خالی نہیں ہوتا، یوں حُبِ وطن کو کتنی ہی فوقیت کیوں نہ حاصل ہو، ماں اپنی اولاد کے مقابلے میں اسے سچے دل سے ترجیح نہیں دے سکتی۔ افیون کی جھکی لگانے والی بوڑھی یترما اپنے تاؤ تشن کو محاذ جنگ پر جانے کی اجازت دے تو دیتی ہے۔ لیکن بالکل بادلِ ناخواستہ۔ وطن کی خاطر ایثار اور قربانی کے نقطۂ نظر سے نہیں بلکہ محض اس خیال سے کہ نئی امنگوں سے لبریز اس کے بیٹے کا جوان دل کہیں مایوس نہ ہوجائے۔ پھر "دل سے دل کو راہ ہونا" ایک ایسا قول ہے جو ماں اور بیٹے کے نازک رشتہ پر صادق آسکتا ہے۔ دور رہتے ہوئے بھی ان دونوں کے جذبات کا ہم آہنگ اور مضامین خطوط کا یک رنگ ہونا بھی اس دعوے کا ثبوت ہے۔ دونوں طرف لگی ہوئی آگ کے دلسوز نقشے طاہرہ دیوی نے کس قدر نفسیاتی خوش اسلوبی کے ساتھ کھینچے ہیں۔ یقیناً انہیں جذبات نگاری پر بڑی قدرت حاصل ہے اور بقول حضرت نیاز۔ ان کے افسانے فن کے لحاظ سے اردو میں اس ابتدائی درجے کی چیز ہوتے ہیں جہاں مردوں کا دماغ بھی مشکل ہی سے پہنچ سکتا ہے، چہ جائیکہ عورتیں۔ میرے خط کے جواب میں لکھتی ہیں:-

" اردو میری مادری زبان نہیں پھر بھی مجھے اس سے خاص دلبستگی حاصل ہے۔ مشرقی ہی نہیں، میں نے مغربی زبانوں میں بھی اس جیسی لطافت و شیرینی کہیں محسوس نہیں کی لیکن اس کا کیا علاج کہ اس زبان کے حاملان ادب کسی کو ٹھیک طرح پنپنے ہی نہیں دیتے۔ یا تو ضرورت سے زیادہ تعریف کر کے غرور و تکبر کا نشہ طاری کر دیا جاتا ہے یا حد سے زیادہ مذمت کر کے احساس کمتری کے بیج بو دیئے جاتے ہیں۔ نتیجہ دونوں صورتوں میں یکساں رہتا ہے۔ ابھرتے ہوئے پودے درمیانی منزل ہی میں ٹھٹھر کر رہ جاتے ہیں۔ جب میرے افسانوں کا مجموعہ شائع ہوا تو نصیر الدین ہاشمی نے اتنی زبردست تقریظ لکھی کہ اسے پڑھ کر خود مجھے شرم سی آنے لگی۔ اس کے بعد عظیم بیگ چغتائی نے قلم اٹھایا اور مجھے صفحۂ ہستی سے مٹا دینے کی کوشش کی۔ ایسے ایسے حملے کئے کہ بس خدا کی پناہ۔ اول الذکر کی بابت کیا کہوں۔ وہ دیرینہ کرمفرما ہیں اور میں رہتی دنیا ان کے خلوص کو بھلا نہیں سکتی۔ موخرالذکر کی بابت کیا لکھوں۔ وہ اپنا "رختِ ظرافت" باندھ اس دنیا سے بگڑ کر چل دیئے۔ پھر میں ہی ان پر کیوں بگڑوں۔ تاہم ان واقعات نے اس قدر دل دکھایا ہے کہ اب عقل میدانِ ادب سے بہت دور رہنے کو کہتی ہے کبھی کبھی اس کا کہنا نہ مان کر کچھ لکھ لیتی ہوں۔ خدمتِ ادب کے روائتی نام پر نہیں۔ محض اپنا دل خوش کرنے کے لئے

"وطن کی خاطر" ترجمہ نہیں، طبعزاد افسانہ ہے۔ حالانکہ اس کا ماحول اور پس منظر چینی ہے۔ میں اس ملک میں پانچ چھ ماہ رہی ہوں۔ مجھے وہاں کی روایات سے بڑی محبت ہے۔ آپ اس افسانے کو اپنے مجموعے میں شامل کریں اور میرے حالات اگر چاہیں تو خود ہی "سحرِ بنگال" کے دیباچے سے حسبِ ضرورت اخذ کریں۔ تاہم میری ذاتی رائے یہ ہے کہ آپ میری بابت کچھ نہ لکھیں کیونکہ میں کیا اور میرے حالاتِ زندگی کیا۔ بقول رابعہ پنہاںؔ۔ ؎

ہند کی عورتیں کیا کارِ نمایاں کر گئیں
شادی ہوئی بچے جنے، بیمار رہ کر مر گئیں

(میں نے مناسب نہیں سمجھا کہ "سحرِ بنگال" کے دیباچے سے مزید حالات اخذ کروں۔ یہ خط اگرچہ صرف میرے ہی مطالعے کے لئے تھا تاہم طاہرہ دیوی سے معذرت کے ساتھ اس کی اشاعت کو کافی سمجھتا ہوں)

طاہرہ دیوی شیرازی

وطن کی خاطر

ایک روز چی کیانگ کے مختصر شہر شوتنگ میں جب سورج طلوع ہوا تو اس کی سنہری کرنوں میں اداسی جھلک رہی تھی۔ یاکم سے کم ایسا معلوم ہوتا تھا کہ اداسی جھلک رہی ہے۔

بوڑھی لیوما خلاف معمول زیادہ سویرے بیدار ہوئی اور اٹھنے کے بعد اس نے اپنی عادت کے مطابق گھلی ہوئی افیون کی پیالی طلب نہیں کی بلکہ اپنی بہو سانگ ہوا کو بلا کر پلنگ کے قریب بٹھالیا۔ افیون کے گھونٹ دراصل اس کی زندگی کا سہارا تھے۔ لیکن آج وہ اس سہارے کو بھلا کر غور وفکر میں محو تھی۔ اس کا بوڑھا سر جس کے بال افیون جیسی سیاہ رنگت سے محروم ہو چکے تھے اس طرح جھکا ہوا تھا جیسے غروب آفتاب کے بعد سورج مکھی کا پھول پژمردہ اور مغموم نظر آتا ہے۔ پیشانی پر ابھری ہوئی شکنیں ضعیفی کا پتہ دینے کے ساتھ ساتھ اس حقیقت کو بھی ظاہر کر رہی تھیں کہ اس کے دل میں طوفانِ جذبات سے ایک ہل چل مچی ہوئی ہے۔

سانگ ہوا حیران تھی کہ آج بوڑھی اماں کو کیا ہوا کہ یہ ایک دم افیون سے

فلسفی بن گیئں۔ آخر وجہ کیا ہے کہ انھوں نے سیاہ دار و کا پیالہ لانے کے لئے حکم نہیں دیا۔ اور نہ باورچی خانے کے متعلق مناسب ہدایات دینی شروع کیں؟ آج انھیں یہ احساس کیوں نہیں ہے کہ کھانا وقت پر تیار رہو جائے تاکہ ان کے لڑکے کو کارخانے پہونچنے میں دیر نہ ہو؟

"جاپانیوں کی طرح چینیوں نے بھی مغربی تہذیب اختیار کرلی ہے" آخر کار بوڑھی لیوما نے لب کشائی کی۔" وہ اپنے ملک کی دیرینہ روایات کو ترک کرکے بالکل اجنبی ہوتے جارہے ہیں۔ مگر میں خوش ہوں کہ میرا بچہ ابھی تک اپنے آبا و اجداد کے نقوشِ قدم پر چل رہا ہے۔ اس لے شادی بھی میری مرضی کے مطابق کی اور تمہارے ساتھ نہایت پیار و محبت کی زندگی بسر کر رہا ہے"۔

"یہ سب کچھ آپ کے طفیل ہے اماں جان"! سانگ ہوا نے کسی قدر شرما کر کہا۔

"آپ کی نیک ہدایات ان کو آخیر وقت تک سنوارے رہیں گی۔ اس لحاظ سے وہ بڑے خوش قسمت ہیں کہ ان کو آپ جیسی ماں نصیب ہوئی۔

"تاؤشن کس قدر فرمانبردار ہے کہ اس نے میری آرزو کے مطابق فوجی ملازمت سے کنارہ کش ہو کر ریشم کے کارخانے میں ملازمت کرلی۔ اور اب میدانِ جنگ کا نقشہ اس کے حاشیۂ خیال میں بھی جھلک نہیں دکھاتا"۔

"گستاخی معاف ہو۔ یہ آپ نے اچھا نہیں کیا کیونکہ اس طرح وہ خاندان کی روایتی خصوصیات سے محروم ہو گئے ہیں۔ سپہ گری ان کے بزرگوں کا پیشہ

رہا تھا۔ اور ضروری تھا کہ وہ بھی اِسی مسلک کو اِختیار کر کے اپنے باپ کی اولاد ثابت ہوتے۔"

"تاؤشن میرا اکلوتا بچہ ہے اور میں نہیں چاہتی کہ وہ کسی طرح مجھ سے جُدا ہو۔"

خدا نہ کرے کہ وہ آپ سے جدا ہوں۔ لیکن وطن کا حق مقدم ہے۔ وہ آپ سے آپ کے بیٹے کو طلب کر سکتا ہے۔ اور میں سمجھتی ہوں کہ وقت ضرورت کسی چینی ماں کی اِتنی جرأت نہیں ہوسکتی کہ وہ ملک کی آزادی اور عزت کے سوال کو ٹھکرا کر قومی فرض پر ماتا کو ترجیح دینے لگے۔ چنانچہ جب سے یہ خبر بد آئی ہے کہ غارت گر جاپانیوں نے شنگھائی پر حملہ کر دیا ہے۔ ملک کے ہر گوشے سے ذاتی حفاظت اور بچاؤ کی تیاریاں شروع ہو گئی ہیں۔ سنا ہے کہ ہمارے شہر کے بہت سے نوجوانوں نے بھی فوج میں بھرتی ہو کر وطن پرستی کا ثبوت دے دیا ہے۔"

"ہاں۔ اور اسی لئے مجھے اندیشہ ہے کہ کہیں میرا تاؤشن بھی اپنا نام درج نہ کرا بیٹھے۔"

"لیکن اگر وہ آمادگی ظاہر کریں تو کیا آپ اُنھیں روک دیں گی؟"

"میں کوشش کرونگی۔ کہ وہ جنگ یا جنگ سے متعلق کاموں میں کسی قسم کا حصہ نہ لے۔"

"میرا خیال ہے کہ آپ کو مایوسی ہوگی آپ کی کوشش رائگاں جائیگی وہ زندگی میں پہلی مرتبہ آپ کو ناراض کر کے نافرمانی کا ثبوت دیں۔ لیکن وہ نافرمانی بجائے خود ایک زبردست اِطاعت و فرمانبرداری ہوگی۔ مجھے

معلوم ہے کہ باپ دادا کا خون جوان کی رگوں میں دوڑ رہا ہے اسی سرگرمی عمل کا حامل ہے۔ جو ہماری قوم کے لئے سرمایۂ افتخار رہے۔ مجھے اکثر تنہائی میں اس موضوع پر ان سے گفتگو کرنے کا موقع ملا ہے۔"

"چین کی آبادی بہت زیادہ ہے اور ملک میں ایسے نوجوانوں کی بھی کمی نہیں ہے جو فوج کے لئے مناسب رہ سکتے ہیں۔ ایسی صورت میں اگر میرا اکلوتا بچہ جنگ پر جانے سے رک جائے تو کیا قوم کی گاڑی اٹک کر کھڑی ہو جائے گی۔"

"یہ کون کہہ سکتا ہے۔ لیکن اگر یہی خیال سرزمین چین پر بسنے والی ہر ماں کے دل میں جاگزیں ہو جائے تو پھر ہمارے جان نثار وطن جنرل چیانگ کائی شیک کے سوا شاید ایک بھی سپاہی میدان میں نظر نہ آئے۔ اور غالباً وہ بھی اس لئے دکھائی دیں کہ ان کی والدۂ محترمہ اس جہان سے کوچ کر گئی ہیں۔"

"تو کیا تم چاہتی ہو کہ میرا تائی شن جاپانیوں کی گولی کا نشانہ بننے کے لئے مجھ سے جدا ہو جائے۔"

"آپ تصویر کے محض سیاہ رُخ کو مدنظر کیوں رکھتی ہیں ہوسکتا ہے بلکہ آپ کو یقین رکھنا چاہیئے کہ وہ فتح و نصرت کے ساتھ میدان سے اسی طرح لوٹیں گے جیسے کسی زمانے میں ان کے خاندان کے بزرگ تاتاری اور منگولی لیٹروں کو سرحد سے پرے نکال کر واپس آئے تھے۔ ایک اہی پر کیا منحصر ہے۔ آج زندگی میں پہلی بار مجھے اپنی شومی قسمت کا احساس ہو رہا ہے کہ میں کیوں بے اولاد رہی۔ اگر میرے ایک درجن بیٹے ہوتے تو میں ان سب کو جنگ یا کسی شعبۂ جنگ میں مفید ثابت ہونے کے لئے

بخوشی بھیج دیتی۔"

"مجھے تمہاری زبان سے یہ الفاظ سننے کی توقع نہیں تھی۔ تم نے میری دلی آرزو کو پامال کر دیا۔ میں چاہتی تھی کہ تم رو کر یا ہنس کر یعنی انہی دونوں میں سے کسی ایک نسوانی ہتھیار کو استعمال کر کے میرے تاؤشن کو اس ارادے سے باز رکھو جس کا مجھے اندیشہ ہو چلا ہے۔ مگر تمہارا برتاؤ اس سے بھی زیادہ مایوس کن ثابت ہوا ہے۔"

"میں حیران ہوں کہ ایک چینی خاتون کی زبان سے یہ الفاظ ادا ہو رہے ہیں۔"

"تمہاری حیرت کا سبب یہ ہے کہ تم میری طرح ابھی تک ماں نہیں بنی ہو۔ تم جیسی بے اولاد عورتیں ہم ممتا کی ماری ماؤں کے متعلق ایسی ہی رائے قائم کر سکتی ہیں۔ جو نہیں جانتیں کہ اپنے بچے کو میدان جنگ یعنی نوجوان لڑکوں کے ہوشربا مقتل کی طرف بھیجتے وقت ہر نام نہاد محب وطن ماں کے قہقہے درحقیقت آنسوؤں میں ڈوب کر بلند ہوتے ہیں جن کو وہ اندر ہی اندر روکے رکھتی ہے۔"

بات چیت کا سلسلہ یہیں تک پہنچا تھا کہ تاؤشن کمرے میں داخل ہوا۔ اس نے ایک ہی نظر میں بھانپ لیا کہ میرے آنے سے قبل بہت سنجیدہ اور متین گفتگو ہوتی رہی ہے۔ اس نے یہ بھی اندازہ لگا لیا کہ گفتگو کا موضوع کیا ہو سکتا ہے۔ وہ اپنی ماں کے جذبات اور احساسات سے پوری طرح واقف تھا جس نے اس کو طرح طرح سے ترغیب دے کر فوج میں بھرتی ہونے کی بجائے ریشم کے کارخانے میں ملازمت کے لئے مجبور کر دیا تھا۔ وہ جانتا تھا کہ لڑائی چھڑ جانے کی خبر آگ کے شعلوں کی طرح سب طرف پھیل چکی ہے اور شائد

یری ماں کو یہ بھی معلوم ہو گیا ہے کہ میں نے کارخانے سے استعفیٰ دیکر فوج میں نام لکھوا لیا ہے۔ لہٰذا اس خیال سے کہ بحث و تمحیص کی نوبت ہی نہ آنے پائے۔ اس نے بلا تامل کہنا شروع کیا۔

"اماں! تمہیں یہ سن کر خوشی ہو گی کہ میں فوج میں بھرتی ہو گیا ہوں۔ اور شاید پرسوں تک ہمارا دستہ شنگھائی کی طرف کوچ کر جائے۔ ذرا سوچو تو سہی۔ وہ سما کتنا لطیف ہو گا جب کہ میں وردی پہن کر آخری دعائیں لینے کے لئے تمہارے قدموں کے سامنے سر جھکانے آؤں گا۔ مجھے یقین ہے کہ اس وقت جوش مسرت سے تمہاری آنکھوں سے آنسو بہہ نکلیں گے اور پھر وہ وقت اس سے بھی زیادہ شاندار ہو گا جب کہ میں فتح و نصرت حاصل کرنے کے بعد تمہیں یہ خوشخبری سنانے واپس آؤنگا کہ ہم چینیوں نے اپنی ہمت و شجاعت کے جوہر دکھا کر کیڑے مکوڑوں کی سرزمین پر بسنے والے جاپانیوں کے چھکے چھڑا دیئے۔ وہ پسپا ہو کر اس بری طرح بھاگے ہیں کہ اب بھول کر بھی ہمارے ملک کی طرف قدم بڑھانے کی جرأت نہ کر سکیں گے۔ اس وقت تم دوبارہ خوشی سے پھولی نہ سماؤ گی اور غرور و نخوت کے ساتھ سر بلند کر کے کہو گی۔ کہ بیشک تاؤ شن میرا ہی بیٹا ہے۔ اور اس باپ کا بیٹا ہے جو ملک کی حفاظت کرتے کرتے پچھلی جنگ میں مارا گیا"۔

بوڑھی لیوما کے لئے اب اس کے سوا کوئی چارہ کار نہیں تھا کہ وہ زبردستی ہی سہی۔ لیکن اپنے اس لڑکے کو خوش کرنے کے لئے کم سے کم مسکرا دے جس کے جوان دل کی نئی امنگیں اس کو زمین کی عام سطح سے اٹھا کر آسمان کی بلندیوں پر لے گئی تھیں اور اس کے بعد فوراً ہی اس نے سانگ ہو سے مخاطب ہو کر کہا۔

"بہو! کیا آج ہماری افیون کی پیالی نہیں ملے گی؟۔ جاؤ۔ ذرا جلدی سے لے آؤ۔ اور سنو۔ تھوڑی سی مقدار بڑھا دینا۔"

"تاؤشن کو جنگ پر گئے ہوئے پورا ایک مہینہ گزر گیا۔ ملک بھر میں لڑائی کی خبریں روزانہ پہونچتی رہیں۔ اخبارات کی اطلاعات سے زیادہ لوگوں کی زبانی معلوم ہوتا رہا کہ جاپانی حملوں کی نوعیت کیا ہے اور اس سے جان و مال کو کتنا نقصان پہونچ رہا ہے۔

اس تمام دوران میں ماں اور بیٹے کے درمیان برابر خط و کتابت کا سلسلہ جاری رہا۔ روز ایک خط آتا ایک خط جاتا۔ اس طرح ایک دوسرے کی خیریت معلوم ہو جایا کرتی۔ لیکن اصلیت سے گریز کر کے دونوں دروغ مصلحت آمیز کو روا رکھتے۔ بوڑھی لیو ما پلنگ کی پٹی کے قریب بٹھا کر سانگ ہوا سے خط لکھواتی:۔

"بیٹا،

میں بالکل خیریت سے ہوں۔ تم بےفکر رہنا اور تندہی سے دشمن کا مقابلہ کئے جانا۔" اور بس اتنے الفاظ بولنے کے ساتھ ہی اس کا سانس اکھڑنے لگتا۔ وہ مجبوراً خاموش ہو جاتی اور اسی پر اکتفا کرتی۔ ڈاکٹر کا مشورہ تھا کہ چلنا پھرنا تو درکنار تم کسی سے گفتگو بھی نہ کیا کرو۔ کیونکہ زبردست روحانی صدمہ اٹھانے کے باعث اعصابی کیفیت بگڑ چکی ہے۔

"تاؤشن بندوق کو سینے سے لگائے کارتوس کی پیٹی کمر سے باندھے گہری خندقوں میں آلوا ترچھا لیٹ کر ماں کے خط کا جواب دیتا اور بار بار نظر

اٹھا کر آسمان کی طرف دیکھتا جاتا کہ کہیں دشمن کے ہوائی جہاز چیلوں کی طرح منڈلاتے اس کے سر پر تو نہیں آ گئے۔ وہ خط میں لکھتا:۔

پیاری اماں!

میں بھی خیریت سے ہوں۔ تم فکر نہ کرنا۔ ہم لوگ دن بھر اطمینان کے ساتھ شہر میں گھومتے پھرتے ہیں۔ ہوائی حملے کا اب کوئی امکان نہیں رہا۔ کیونکہ جاپان کو ہماری دفاعی طاقت کا علم ہو گیا ہے۔ اس نے محسوس کر لیا ہے کہ خیریت اِسی میں ہے کہ شنگھائی سے دور رہا جائے۔ شنگھائی بہت ہی خوبصورت شہر ہے۔ میں چاہتا ہوں کہ موقعہ ملے تو ایک نظر تم بھی دیکھ لو۔"

اور ان الفاظ کے ساتھ ہی وہ بندوق کو چھپا کر نشانہ باندھ کر بلبلی دبا دیتا۔ اس کے ساتھی بھی یہی عمل کرتے اور چشم زدن میں دو تین جاپانی ہوائی جہاز دھواں چھوڑتے چکر کھاتے زمین پر آ گرتے۔

ٹمٹماتے ہوئے چراغ کی روشنی میں (کیونکہ تمام شوشنگ میں مکمل بلیک آؤٹ رہا کرتا تھا) لیوتا اپنی بہو کو قریب بٹھا کر تبادلِ خیال کرتی کہ جنگ کب تک ختم ہو جائے گی۔ وہ جاپانیوں کو کوسا کرتی کہ خدا ان حریص کتوں کو غارت کرے۔ ان کی ملک گیری کی ہوس نے میرے بچے کو مجھ سے جدا کر دیا۔ اسے یقین تھا کہ اگر وہ کوشش کرتی تو تاآؤشِن جنگ پر نہ جاتا۔ لیکن وہ اس کا دل توڑنا بھی نہیں چاہتی تھی۔ اسی لئے بادل ناخواستہ اجازت دے دی تھی اور یوں بھی وطن کی خاطر اسے بھیج دینا ضروری تھا۔

رات کی تاریکی میں اپنے ان ہموطن سپاہیوں کے قریب جو بے فکری کے ساتھ خراٹے لے کر سونے کے عادی تھے۔ تاآؤشِن خاموشی کے عالم میں بیٹھا

سوچا کرتا کہ نہ جانے یہ ہوائی حملے کب ختم ہوں گے وہ غصے میں آکر جاپانیوں کو گالیاں دیتا۔ اگر وطن کی خاطر فوجی نظام کو قائم رکھنا ضروری نہ ہوتا تو وہ کیمپ کو چھوڑ چھاڑ کر کبھی کا واپس جا چکا ہوتا۔ اسے ماں کی جدائی بہت شاق گزر رہی تھی۔ ماں کے ساتھ ساتھ شریک حیات کا خیال آجاتا کہ وہ غریب بھی آٹھوں پہر آنسو بہا رہی ہوگی۔ اِس محویت کے عالم میں اس پر غنودگی طاری ہونے لگتی۔ لیکن اچانک وہ اور اس کے سب ساتھی خطرے کی گھنٹی سن کر چونک پڑتے۔ رات کے پرسکون سناٹے میں انھیں گھنٹی کی گونجتی ہوئی آواز ایسی سنائی دیتی جیسے تمام جاپانی مل کر کہیں دور، بہت دور، اپنے بادشاہ کی حسرتناک موت پر آہ وزاری کر رہے ہوں۔

جاپانی حملے جس سرعت کے ساتھ بڑھ رہے تھے اسی تیزی کے ساتھ یعقوما کی بیماری میں بھی اضافہ ہوتا جا رہا تھا۔ اس کی علالت کا ایک سبب یہ بھی تھا کہ اس نے افیون کے اِستعمال میں غیر معمولی کمی کر دی تھی۔ لڑائی کے دنوں میں ہر چیز کی قیمت بڑھ جاتی ہے لیکن افیون کا نرخ کئی گنا زیادہ ہوگیا تھا۔ اس کے علاوہ اس نے گھر کے اخراجات میں کچھ کمی کر دی تھی۔ وہ چاہتی تھی کہ کچھ رقم پس انداز کرکے ہر ہفتے اعلیٰ سگرٹوں کا ایک بنڈل اپنے بیٹے کو بھیجا کرے۔ چنانچہ پہلا پیکٹ بھیجتے وقت اس نے خط میں لکھا تھا۔

بیٹا!

میں نے سُنا ہے کہ فوج میں راشن کے ساتھ بہت گھٹیا قسم کے سگریٹ ملتے ہیں۔ جن کو پیتے ہی گلے میں خراش شروع ہو جاتی ہے۔ تم بھول کر بھی ان کو ہاتھ نہ لگانا۔ اگر نصیب دشمناں تمہارے گلے میں کوئی تکلیف پیدا ہوگئی تو تمہاری

دیکھ بھال کون کرے گا۔ یہ مانا کہ ہر کیمپ کے ساتھ ایک اسپتال ہوتا ہے لیکن میں اپنے بیٹے کو نرسوں کے رحم وکرم پر نہیں چھوڑ سکتی۔ لہٰذا میں ہر ہفتے تمہارے دلپسند سگریٹ کا ایک بنڈل یہاں سے بھیج دیا کروں گی جو تمہارے لئے پورے سات دن کافی رہا کرے گا۔"

ادھر تاؤشن نے محسوس کیا کہ افیون کی قیمت بہت بڑھ گئی ہے۔ اور ماں اس کے بغیر زندہ نہیں رہ سکتی۔ اسے روپے پیسے کی ضرورت نہیں تھی۔ روزآنہ احتیاج کی ہر چیز راشن کے ساتھ مل جاتی تھی۔ لہٰذا وہ تمام تنخواہ بچا کر ماں کو روانہ کر دیتا۔ پہلی دفعہ رقم بھیجتے وقت اس نے خط لکھا۔

اماں!

یہ جانتے ہوئے بھی کہ افیون ایک بری چیز ہے۔ میں اس کے لئے کچھ روپے بھیج رہا ہوں۔ کیونکہ مجھے معلوم ہے کہ اب تمہاری صحت کو برقرار رکھنے کے لئے وہ زہریلا تریاق نہایت ضروری ہے۔ یقین مانو۔ جب تم افیون کی پیالی ہاتھ میں لیکر زور کی چسکی لگایا کرو گی تو اس کی آواز میرے کانوں تک پہونچ جایا کرے گی جسکی جادو اثری سے میرے رگ و پے میں ایک نیا جوشِ عمل پیدا ہو جایا کرے گا میں تمہاری ہر چسکی کے ختم ہوتے ہی ایک جاپانی جہاز زمین پر گرایا کروں گا۔"

اور پھر ایک منحوس دن ایسا آیا جب کہ جاپانیوں نے لاتعداد ہوائی جہازوں سے حملہ کیا۔ نہ صرف شنگھائی بلکہ قریب کے دوسرے شہروں پر بھی جن میں شوشنگ شامل تھا۔ عین اس وقت جب کہ لیوتما کے مکان کے در و دیوار ایک بم کی ضربِ شدید سے مسمار ہو رہے تھے ایک اور گولے نے تاؤشن کے مورچے کے پاس ہی گر کر بہت سی جانوں کو تلف کر دیا۔

لیو ما نے شہر کے سرکاری شفا خانے میں مرنے سے قبل اپنی بہو کو بلا کر آخری وصیت کی:۔

"میرے بیٹے کو خط لکھ دو کہ میں بالکل خیریت سے ہوں۔ تم ہرگز فکر نہ کرنا۔ اور جس طرح بھی ممکن ہو دشمن کا مقابلہ کئے جانا۔ وطن کی خاطر میدانِ جنگ میں رہنا۔ تمہارے لئے ضروری ہے۔ اور بہو! اگر مناسب سمجھو تو آئندہ بھی اسی قسم کے تسلی آمیز خط میری طرف سے میرے تاؤشن کو لکھ دیا کرنا۔ ایسا نہ ہو کہ وہ میرے مرنے کی خبر پا کر اور دل شکستہ ہو کر میدان جنگ سے واپس آجائے۔"

اور اسی دن کیمپ کے اسپتال میں آخری سانس لینے سے پہلے تاؤشن نے ڈاکٹر سے درخواست کی:۔

"خدا کے لئے میری ماں کو ایک ایسا اطمینان بخش خط لکھ دو کہ اسے میری حالت کا صحیح اندازہ نہ ہو سکے۔ اسے لکھ دو کہ میں بالکل خیریت سے ہوں۔ تم بے فکر رہنا۔ اگرچہ لڑائی کا بازار بالکل سرد ہے لیکن ناگہانی حملے کا اندیشہ ہر وقت دامنگیر رہتا ہے۔ وطن کی خاطر میدان جنگ میں رہنا میرے لئے ضروری نہ ہوتا! تو چند یوم کی چھٹی لے کر تم سے ملنے چلا آتا۔ اور ڈاکٹر! جب بھی تم کو فرصت مل جایا کرے بس اسی قسم کے اطمینان بخش خط میری ماں کو میری طرف سے لکھ دیا کرنا۔ اسے کچھ عرصے تک یہ معلوم نہ ہونے پائے کہ میں اس دنیا میں نہیں ہوں۔ وہ بہت کمزور اور نحیف ہے۔ اس صدمے کو ہرگز برداشت نہیں کر سکے گی۔ تم اپنی تحریر کا خیال نہ کرنا۔ بھول کر بھی کسی کے وہم وگمان میں یہ بات نہیں آئے گی کہ خط میری بجائے کوئی اور لکھتا ہے۔ وہاں اس نکتے کو سمجھنے کا سلیقہ کسی میں نہیں ہے۔"

جب تاؤشن کے مرنے کی سرکاری اطلاع شوشنگ پہونچی تو ساکت ہوا کے رہے سہے ہوش بھی جاتے رہے۔ تاہم کچھ دیر بعد اس نے آنسوؤں کو دامن سے

پونچھ کر یہ سوچنا شروع کیا کہ اب اپنے عزیز شوہر کی تصویر کس جگہ لٹکائے۔ کیونکہ مکان کی وہ دیواریں باقی نہیں رہی تھیں جن پر خاندان کی ان تمام معزز ہستیوں کی تصاویر آویزاں تھیں جو وطن کی خاطر مختلف جنگوں میں اپنی مردانگی کے جوہر دکھا دکھا کر کام آ چکے تھے۔

ایک بار پھر چی کیانگ کے مختصر شہر شوتنگ میں جب سورج طلوع ہوا تو اس کی سنہری کرنوں میں اداسی جھلک رہی تھی یا کم سے کم ایسا معلوم ہوتا تھا کہ اداسی جھلک رہی ہے۔

تعارف : بیگم دُرّانی

سفر کبھی وسیلۂ ظفر ہو تو ہو لیکن جب سے یہ چلتی ہوئی گاڑی دھواں اڑاتی عرصۂ وجود میں آئی ہے، وہ اکثر و بیشتر ذریعہ رومان بنتا رہتا ہے کبھی انجن کی بھک بھک میں جاسوسی کے فسانے کروٹیں لیتے ہیں اور کبھی پہیوں کی گڑگڑاہٹ میں عشق و محبت کی داستانیں اپنا رنگ جماتی ہیں۔ ڈبوں میں بیٹھے ہوئے شاعر طلوع و غروب کے بیرونی مناظر پر نگاہ ڈال کر اپنے تخیل کو نکھارتے ہیں تو ڈرامہ نگار مختلف النوع مسافروں کی گفت گو سن کر مکالمات کے پیکر میں نئی روح پھونکتے ہیں۔ اس آہنی دجال کے سینے پر سوار ہونے والوں کی بابت نت نئی رائیں قائم ہوتی ہیں۔ کبھی گنہگاروں کو معصوم سمجھ لیا جاتا ہے اور کبھی شریفوں کو بدمعاش۔ کبھی غلط فہمیاں سربستہ راز بنی رہتی ہیں اور کبھی ان کا انکشاف حیرت و استعجاب میں غرق کر دیتا ہے۔ چنانچہ اس افسانے کی ہیروئن جب پلنگ پر جھکی مرنے والے کے مرجھائے ہوئے چہرے کو اپنے آنسوؤں سے ہرا کرنے کی کوشش کرتی ہے تو اسے محسوس ہوتا ہے کہ بدمعاش حقیقتاً بدمعاش نہیں بلکہ خاموشی کے ساتھ مر مٹنے والا پریمی تھا۔

بیگم درانی ادب کی دنیا میں بالکل نئی ہیں لیکن ذرا سی کوشش سے وہ اپنے لئے مستقل جگہ بنا سکتی ہیں۔ ان کے حالات زندگی حسب ذیل ہیں :۔

"میں خدیجہ مستور اور ہاجرہ مسرور کی بڑی بہن ہوں۔ کہانیاں لکھنے کا شوق بہت بچپن سے تھا۔ ذرا سمجھ دار ہوئی تو لکھنا شروع کر دیا۔ اور مختلف ناموں سے اکثر کہانیاں اردو کے معیاری رسائل میں شائع کرادیں۔ اصل نام پوشیدہ رکھنے کی وجہ یہ تھی کہ میرے قدامت پرست اعزا کو اعتراض نہ ہو۔ لیکن یہ بات چھپی نہ رہ سکی اور بے سروپا اعتراضات کی بوچھاڑ سے گھبرا کر میں نے لکھنا چھوڑ دیا۔ ۱۹۴۲ء میں شادی ہوگئی۔ انہی دنوں ہاجرہ مسرور اور خدیجہ مستور نے کہانیاں لکھنی شروع کیں اپنے اعزا کے اعتراضات کی پروا کئے بغیر۔ اب مجھے اپنی حماقت کا احساس ہوا۔ ساتھ ہی ساتھ ان دونوں نے مجھے مجبور کیا کہ میں دوبارہ قلم سنبھالوں۔ اور میں نے سنبھالا۔ اس تھوڑے سے عرصہ میں میں نے بیگم درّانی کے نام سے کئی کہانیاں لکھیں جو سب کی سب اردو کے معیاری رسائل میں بہت شوق سے شائع کی گئیں۔ صحت بہت خراب ہے۔ یہی وجہ ہے کہ زیادہ نہیں لکھ پاتی۔

میری آرزو ہے کہ خدا مجھے تندرستی دے
تاکہ میں شروع میں جو کچھ اپنی بزدلی اور حماقت کے
باعث نہ کر سکی ، وہ اب کر لوں ۔

بیگم دُرّانی

بدمعاش

ریل بھوپال اِسٹیشن سے آگے نکل چکی تھی۔ میں ہوا کے سرد جھونکوں سے بچنے کے لئے لحاف اوڑھ کر لیٹ گئی اور لیٹتے ہی لیٹتے بمبئی کے حسین تصوّر کے مزے لینے لگی۔ کتنوں ہی کے منہ سے سنا تھا کہ بمبئی ہندوستان کا پیرس ہے۔ کرسمس کی چھٹیاں ہوتے ہی میں بھی سیر کرنے چل کھڑی ہوئی۔ گھر میں سب سے کتنا کہا کہ کوئی تو چلے ہندوستان کا پیرس دیکھنے۔ لیکن وہاں تو بس توبہ۔ سب نے اپنی جیبوں کو سینے سے لگا لیا۔ کرتی ہی کیا اکیلے ہی اپنے شوق کی تسکین کرنا پڑی۔ حالانکہ دل میں دھکا سا لگا تھا کہ خدا جانے کوئی مصیبت نہ پڑ جائے۔ کیسے عجیب ہیں یہ گھر والے بھی۔ مجھے بھیجنے ہی میں ان کا دیوالہ کھسکا جا رہا تھا تو بھلا خود کیا آتے۔ "اے بس تم چلی جاؤ ٹھاٹ سے اپنی سہیلی کے ہاں رکنا۔ ہفتہ ڈیڑھ ہفتہ گھومنا پھرنا اور چلی آنا۔ سیدھا تو راستہ ہے۔" کیا مزے سے کہہ دیا بھائی جان نے، حالانکہ چھٹیاں تھیں آتے تو چلے ہی آتے۔

اب جب جا کے میں کہوں گی کہ ہندوستان کا پیرس کیا تھا تو منہ میں پانی بھر آئے گا۔ سوچتے سوچتے نہ معلوم کب میری آنکھ لگ گئی۔ سردی سے گٹھری بنی نہ معلوم کب تک سوتی رہی کہ چائے، سگریٹ، پان کی آواز لگانے والوں نے جگا دیا۔ میں لحاف ہٹا کر کمپارٹمنٹ کا جائزہ لینے لگی۔ برابر کی سیٹ پر کوئی میری ہی طرح لحاف میں دبکا پڑا تھا۔ خوب۔ یہ محترمہ نہ معلوم کب سوار ہوگئیں۔ چلو اچھا ہوا۔ میں نے یہ سوچ کر اطمینان کی ایک طویل سانس لی۔ چائے کا آرڈر دیکر پھر آرام سے لیٹ گئی۔ ریل اسٹیشن سے کھسکی اور فرّاٹے بھرنے لگی۔ لیٹے لیٹے میری نظر اپنی ہم سفر کے جوتوں پر پڑی جو ہلکی پھلکی سینڈلوں کے بجائے بھاری بھرکم جوتے اپنے مشتبہ ہونے کی دلیل پیش کر رہے تھے۔ میں گھبرا کر بیٹھ گئی۔ کیا میں مردانے درجے میں ہوں؟ لیکن میں تو زنانے درجے میں سوار ہوئی تھی۔ میں نے کھڑکی کھول کر باہر دیکھا عورت کی تصویر بنی ہوئی تھی۔ میں سوچنے لگی کہ یہ آخر ہے کون؟ جس کو زنانے اور مردانے کی پہچان نہ ہوئی۔ کہیں کمبخت کوئی ڈاکو نہ ہو۔ لیکن ڈاکہ سو کر تو نہیں ڈالا جاتا، بس یہ کوئی آنکھوں والا اندھا ہے۔

دو ایک مرتبہ گلے پر ہاتھ پھیر کر میں نے کہا:۔

"اے جناب آپ یہاں کس لئے آرام فرما ہیں؟"

لیکن توبہ۔ سونے والے بھی کوئی کچی نیند سوئے تھے۔ جب کئی بار پکارنے کے باوجود لحاف سے مس نہ ہوا تو مجھ پر بھی جھنجھلاہٹ سوار ہوگئی۔ آؤ دیکھا نہ تاؤ پاؤں پکڑ کر ہلا دیا۔ ہڑبڑا کر لحاف پھینک دیا گیا اور وہ اپنی خوبصورت آنکھوں میں مصنوعی غصہ ڈھالتے ہوئے مجھے دیکھنے لگا۔

"کیوں جناب آخر آپ ایک شریف آدمی سے ایسا نازیبا سلوک

کر رہی ہیں؟" اس نے پوچھا۔

"آپ یہاں آئے کیوں؟" میں نے بھی سوال کیا۔

"میں پوچھتا ہوں آپ کیوں آئیں؟"

"معلوم ہوتا ہے کہ آپ کو دکھائی نہیں دیتا۔"

"واہ کیا کہنے ہیں' اب معلوم ہوا کہ ہم دونوں ایک جیسے ہیں یعنی آپ نے ابھی تک میری آنکھیں ہی نہیں دیکھیں۔"

"معلوم ہوتا ہے آپ تہذیب کے نام پر صفر ہیں۔"

"یہ تو آپ کو اس سرورات میں کسی شریف آدمی کو جگانے سے پہلے سوچنا چاہیئے تھا۔" اس نے اور بھی بیباک ہو کر کہا۔

"اچھا تو آپ جیسے شریفوں کے آرام کرنے کے لئے مجھے ایک خاص جگہ معلوم ہے۔ ابھی بھجوائے دیتی ہوں۔"

میں سخت پیچ و تاب کھاتی زنجیر کھینچنے کے ارادے سے بڑھی۔ شاید وہ میرا ارادہ بھانپ گیا اسی لئے تو جھٹ اٹھ کر میرا راستہ روک لیا۔

"آخر آپ چاہتی کیا ہیں؟"

"یہ زنانہ درجہ ہے اور چونکہ آپ نے اپنے آرام کے لئے مخصوص فرما لیا ہے اس لئے مجھے اپنی کارروائی کر لینے دیجئے۔"

میں نے زنجیر پر ہاتھ رکھ دیا۔

"مگر سنیئے تو ———"

"کچھ نہیں یا تو فوراً اتر جائیے یا اتروائے جانے کے لئے تیار ہو جائیے۔ مجھے بھی اس سے ضد ہو گئی تھی۔"

" تو کیا آپ کا مطلب ہے چلتی گاڑی سے کود پڑوں ؟ آپ ڈریئے مت۔ میں کوئی خطرناک آدمی نہیں ہوں۔" وہ اب بھی مسکرا رہا تھا۔ اوہ! تو گویا میں ان سے ڈر رہی تھی۔ وہ مجھے بزدل سمجھتا ہے۔ تب تو میں اسٹیشن آنے تک اس کے تہارہ کر بتا دوں گی کہ میں بزدل نہیں ہوں میں اسے گھورتی ہوئی اپنی سیٹ پر بیٹھ گئی۔ وہ اپنا بستر باندھنے لگا لیکن کوئی اس کی ڈھٹائی تو دیکھتا کہ برابر مجھے دیکھ دیکھ کر" بھول نہ جانا پریت بنھانا" پر گلے بازی کرتا رہا اسٹیشن آیا اور وہ اترتے اترتے کہہ گیا :۔

" آپ کی زنجیر نہ کھینچنے والی مہربانی میرے دل پر زنجیر بن کر پڑ گئی اور پھر وہی دلکش مسکراہٹ۔

مجھے افسوس ہونے لگا کہ اس منہ پھٹ بدمعاش کو کورا کیوں جانے دیا۔ صبح ایک چھوٹے سے اسٹیشن پر میں نے پانی کی تلاش میں ادھر ادھر نظریں دوڑائیں۔ کافی دور پر ایک پانی والا نظر پڑا۔ میں نے اسے بہتری آوازیں دیں لیکن وہ کمبخت جیسے بہرا تھا۔ منہ اٹھائے چلتا ہی گیا میں مایوس ہو کر دروازے کے پاس سے ہٹی ہی تھی کہ " پانی لیجئے" کی آواز سن کر پلٹی۔ ارے یہ تو وہی رات والے شریف آدمی تھے۔ گویا وہ ایک گلاس پانی دے کر دوستی گانٹھنا چاہتے تھے۔ میں نے نفرت سے منہ پھیر لیا۔ یہ مرد ہم لڑکیوں کو جیسے بیوقوف سمجھتے ہیں۔ وہ دن گئے جب لڑکیاں ہر معاملے میں مردوں کا منہ تکتی تھیں۔ اب کوئی ان بیوقوف داس نسے پوچھے کہ اگر میں اتنی ہی ناسمجھ ہوتی تو اکیلے سفر ہی کیوں کرتی ریل نے سیٹی دی اور وہ پانی قبول کر لینے کی التجا کرتے کرتے مایوس

ہو کر چلا گیا۔

جانے کیوں مجھے اس وقت بے اِنتہا خوشی ہوئی۔

اگلے اِسٹیشن پر وہ پھر آیا اور پانی نہ لینے کی شکایت کرنے لگا۔ اور جب میں نے بجائے جواب دینے کے ایک پولیس کانسٹبل کی طرف متواتر دیکھنا شروع کیا تو چپکا چل دیا۔ پھر تو بمبئی تک ہر اِسٹیشن تک دو ایک چکر دور ہی سے کاٹ لیتا۔ بمبئی بوری بندر اِسٹیشن پر میری سہیلی مجھے لینے آئی تھی۔ میں نے بہت اِدھر اُدھر نظریں دوڑائیں کہ شاید وہ کہیں گھورتے ہوئے مل جائیں خوش قسمتی سے وہ غائب تھے۔

(۲)

بمبئی کو ایک دم سے دیکھ ڈالنے کے شوق میں میں نے حد کر دی یعنی صرف تین دن میں تمام مشہور مقامات دیکھ ڈالے۔ واقعی بمبئی بہت حسین شہر ہے۔ کاش میں یہاں ہمیشہ رہ سکتی۔ میرے دل میں بار بار یہ آرزو پیدا ہو رہی تھی۔ لیکن بھلا مجھے کیوں یہاں رہنے دیا جائے گا۔ جب تک کہ کسی کے ساتھ باندھ نہ دیا جائے۔ اور پھر اللہ ہی جانے وہ ہوگا کیسا؟ ممکن ہے بیوی کو بری چیز کی طرح دنیا سے چھپا کر رکھنے کا قائل ہو اور ساری امنگیں مجبوراً سلا دینا پڑیں۔ یہی وجہ تھی کہ میں نے اس وقت کی ہاتھ آئی ہوئی آزادی سے پورا پورا فائدہ اٹھایا۔

اس دن میری سہیلی کی طبیعت کچھ خراب تھی اس لئے مجھے تنہا ہی وہ شام اپالو بر گز ارنا پڑی۔

ابھی وہاں بیٹھے ہوئے چند ہی لمحے گزرے تھے کہ سامنے سے

نہی ٹرین والی بلا مع ایک عدد پھڑکتی ہوئی لونڈیا کے نمودار ہوئی اور میرا خون خشک ہوگیا۔ نہ جانے کہاں سے پھٹ پڑا کمبخت۔ میں ڈری کہ کہیں اپنی بکواس سے دماغ نہ خراب کرنے لگے" سارا مزا کرکرا ہو جائے میں جلدی سے اٹھ کر دوسری جانب چلدی۔

" ذرا سنیئے تو" ایک سریلی آواز میرے کانوں میں چبھی میں نے اپنے قدم اور تیز کر دیئے"

" ارے ٹھہریئے بھی۔ اس طرح منہ چھپا کر کیا بھاگنا"

وہی آواز میرا تعاقب کر رہی تھی۔ میں سخت پریشان، ٹھیرنے نہ ٹھیرنے کے مسئلے پر غور کرتی چلی جا رہی تھی اور ساتھ ہی ساتھ غصہ بھی آ رہا تھا کہ دلیری تو دیکھو خود نہیں پکارا تو اپنے ساتھ والی کو جھاڑ کے کانٹے کی طرح میرے پیچھے لگا دیا۔ جانے کون ہوگی اس کی۔ اور خدا جانے اس سے کہاں کی میری اپنی شناسائی بتائی ہوگی۔ ٹھیر کر بات کرتی ہوں تو یہ اور زیادہ دلیر ہو جائے گا! اور اگر جائے قیام پر جاتی ہوں تو یہ بھی پیچھے پیچھے جائے گا۔ بدمعاش تو ہے ہی گھر تک خبر لیگا۔ آخر میں ٹھیر گئی۔

" اُفوہ! آپ تو جیسے سنتی ہی نہیں۔ دوڑتے دوڑتے میری تو سانس پھول گئی" لڑکی نے ہانپتے ہوئے بغیر تعارف کے کہنا شروع کر دیا۔

" دیکھئے تو میں آپ سے ملنے کے شوق میں آپ کو ہر تفریح گاہ میں ڈھونڈتی پھرتی ہوں اور اب آپ ملیں تو پیشانی کے بل دیکھ کر جی ہولا جا رہا ہے"

" میں آپ سے کیا بات کروں جبکہ میں نے آپ کو اس سے پہلے دیکھا تک نہیں" میں نے روکھائی سے کہا۔

"ارے! تو یہ کون سی مشکل بات ہے۔ لیجئے میں تعارف کرائے دیتا ہوں یہ میری بہن عروس ہے۔ اور عروس! یہ وہی میری پرانی دوست ہیں جن کا ذکر تم ہر وقت سنا کرتی ہو" وہ بدمعاش مسکرا مسکرا کر تعارف کرانے لگا۔ بدتمیز نہ جانے کیوں میرے پیچھے ہاتھ دھو کر پڑا۔ نہ جانے میری اس کی پرانی دوستی کب کی نکل آئی۔ اگر اپنے ڈبے سے نکال دینے کا نام دوستی ہے تو دشمنی کیا ہوگی؟ جی چاہا منہ نوچ لوں مردود کا۔

"واہ بھئی ہم نے تو آپ سے اتنی باتیں کیں اور آپ تو اس طرح کھڑی ہیں جیسے بولنا ہی نہیں آتا" وہ بے چین بوٹی پھڑکی۔

"ارے یہ کیا کہہ رہی ہو عروس یہ تو خوب بولتی ہیں۔ بڑے بڑے بولنے والوں کو پیچھے چھوڑ جاتی ہیں" وہ مسکرا مسکرا کر اپنی بہن کی غلط فہمی دور کر رہا تھا۔

"ہاں بھیا آپ ہی نے تو کہا تھا کہ یہ ہر شریف آدمی کو چلتی ریل سے کودنے کا حکم بھی دیتی ہیں۔"

وہ ہنس دی اور اس کی ہنسی میں وہ شریف آدمی بھی شریک ہو گئے میں نے جان چھڑانے کے خیال سے ذرا خوش اخلاقی برتنا شروع کی۔ بس اب پوچھا جانے لگا میرے جائے قیام کا پتہ۔ میں نے بھی شرارت یہ کی کہ بتا دیا ایک اوٹ پٹانگ پتہ اور پھر چلتے چلتے انھیں اپنے فرضی جائے قیام پر مدعو بھی کرتی آئی۔ چلو چھٹی ہوئی میری کوفت کا بدلہ ہو گیا۔ پکا بدمعاش ہے۔ ورنہ کوئی یوں لڑکیوں کے پیچھے مارا مارا پھرے، مجھے اس سے سخت نفرت ہو گئی۔ اب تو بس خدا سے یہ دعا تھی کہ اس کی منحوس صورت نہ دکھائی دے۔ لیکن خدا کو بھی مجھ سے ضد تھی کہ ہر ستے اسی سے بھڑا دیتا۔

ڈر کے مارے میں ایک دن بالکل ہی باہر نہ نکلی، آخر کہاں تک گھر میں گھسٹتی۔ دوسرے دن شوق نے ٹہوکے دے دے کر باہر نکلوا ہی دیا۔ سینما کے پہلے شو کا وقت تھا۔ سوچا ریگل چلنا چاہیئے آج ہی بڑی عمدہ فلم لگی ہے۔ راستے بھر تو کوئی خطرہ نہیں آخر وہ چلتی موٹر میں تو پھاند پڑنے سے رہا۔ اب رہا ہال میں بھی کون کس کو دیکھتا ہے۔ ویسے تو میں گیلری میں بیٹھوں گی فرض کیا کہ اگر وہ فلم دیکھنے آیا بھی ہوگا تو کوئی مجھے تلاش ہی نہ کرتا ہوگا۔ یہی سوچتے ہوئے ریگل پہنچ گئی۔ فلم شروع ہو چکا تھا میں ٹٹولتی ہوئی بیٹھ گئی۔ برابر کی کرسی پر کوئی صاحب بیٹھے تھے جن کو شاید نچلا بیٹھنا ہی نہیں آتا تھا۔ گھڑی گھڑی گردن ڈال دیتے۔ پاؤں اس طرح پھیلاتے کہ معلوم ہوتا بس اب لیٹ ہی تو جائیں گے۔ اور لیٹے تو بس سوئے اور اگر کہیں خراٹے لینے لگے تو بس دیکھ چکے کھیل۔

ایک مرتبہ ان کا ہاتھ میرے بازو سے چھو گیا میں نے جھنجھلا کر کہا۔

"ذرا تہذیب سے بیٹھئے یہ گھر نہیں ہے۔"

"ہوں۔" وہ سکڑ کر بیٹھ گئے۔ اور میں نے اطمینان سے اسکرین پر نظریں گاڑ دیں انٹرول ہوا۔ میں نے اپنے گرد و پیش نظر ڈالی۔

"یا اللہ!" میں کرسی سے نصف کھڑی ہوگئی۔ میرے برابر وہی بیہودہ بیٹھا مسکرا رہا تھا۔

"اُف! یعنی کہ آپ کھڑی ہی ہو جائیں گی۔ بیٹھئے نا۔"

اس نے اسی بے تکلفی سے کہا۔ اور میں بے بس ہو کر بیٹھ گئی۔

"آپ کی کیا خاطر کروں؟ چائے۔ سوڈا۔ لیمن۔ آپ کیا نوش فرمائیں گی؟"

خوب یہ خاطر کی بھی ایک ہی کہی۔ گویا میں پکچر ہاؤس میں صرف اسی کے پاس تو آئی تھی۔ میں نے اپنے ہونٹ بھینچ لئے۔ حلق میں کانٹے پڑ رہے تھے۔ کچھ کہنے سننے کی طاقت کمبخت نے سلب کرلی تھی۔

"آپ نے فرمایا نہیں کہ آپ کے لئے کیا منگاؤں؟"

"بکو مت"۔ میں نے گھٹی ہوئی آواز میں کہا۔ اور منہ پھیر لیا۔

"اچھا صاحب تو آپ ہی کچھ بکئے"۔ اس نے مزے میں آکر کہا۔ میں بے اختیار اٹھ کھڑی ہوئی اور گیٹ کیپر کو بلا کر کہا:

"یہ صاحب مجھے پریشان کر رہے ہیں"۔ گیٹ کیپر نے اسے بڑے غور سے دیکھا۔ شاید اس کو بدمعاش سمجھنے نہ سمجھنے پر غور کر رہا تھا۔

"دیکھ کیا رہے ہو یہ برابر مجھے پریشان کر رہے تھے۔ تم انھیں یہاں سے ہٹا دو"۔ میں نے کہا اور اس کو عزت کے ساتھ دوسری طرف کر دیا گیا۔ میں اس کی بے عزتی کر کے مسرور بیٹھی تھی اور وہ برابر مڑ مڑ کر دیکھے جاتا تھا۔ جب بھی نظریں چار ہوتیں وہ بے غیرت اسی طرح مسکراتا اور میں جل کر سر نیچا کر لیتی۔ پکچر پھر شروع ہوئی اور میں نے مناسب سمجھا کہ اس اندھیرے میں دبے قدموں کھسک جاؤں تو بہتر ہے۔ اور میں نے کیا بھی ایسا ہی۔ راستے میں یہ سوچ سوچ کر ہنسی آتی رہی کہ کیا ڈھونڈے گا۔

چھٹیاں ختم ہوگئیں اور مجھے مجبوراً بمبئی چھوڑنا پڑی۔ اس کے بعد مجھے کبھی اس بدتمیز سے سابقہ ہی نہیں پڑا۔ اسٹیشن پر مل جانے کا خطرہ تو ضرور تھا لیکن جب ریل رخصت ہوگئی اس وقت یہ خطرہ بھی جاتا رہا۔ خیر رسیدہ بود ....

(۳)

آج پورے دو سال بعد میں پھر بمبئی کا سفر کر رہی تھی۔ خوبصورت اور دل پسند شوہر کی معیت میں سفر کتنا حسین ہوتا ہے۔ آج نہ تو میرے دل میں کسی بدمعاش کے پیچھے پڑنے کا اندیشہ تھا اور نہ ہی اپنی حفاظت کی فکر۔ ہمارا سفر بہت دلچسپی سے تمام ہوا۔ اور ایک بار پھر میں انھیں دلکش مناظر میں کھوگئی پندرہ دن بعد ایک شام کو میں نہ جانے کیوں پریشان تھی۔ خوبصورت "کج" ایک سنسان کھنڈر معلوم ہو رہا تھا۔ میں گھبرا کر دریچے میں کھڑی ہو کر بے چین سمندر کی لہروں میں سکون تلاش کرنے لگی۔ میرے شوہر اپنے کسی پرانے شناسا سے ملنے گئے ہوئے تھے۔ بمبئی کے پندرہ روزہ قیام کے دوران میں یہ پہلا موقع تھا کہ میں تنہا تھی۔

"بی بی جی جلدی چلئے۔" میرا ملازم رحیم سرتاپا کانپ رہا تھا۔

"کیا ہے؟" میں چیخ اٹھی۔

"صاحب کہاں ہیں؟ تم انھیں کہاں چھوڑ آئے؟"

"گھبرائیے مت۔ جلدی چلئے صاحب کو موٹر کا حادثہ پیش آیا ہے۔ وہ ہسپتال میں ہیں۔"

میں ہسپتال کیسے پہنچی؟ مجھے یاد نہیں۔ آنسوؤں سے بھیگا ہوا چہرہ صاف کرتے ہوئے میں نے ڈاکٹر سے ان کو دیکھنے کی اجازت مانگی۔

وہ بیہوش تھے سر پر پٹیاں بندھی ہوئی تھیں۔ اور پٹیوں کے بیچ سے ان کا زرد مرجھایا ہوا چہرہ میرے سامنے تھا۔

"ڈاکٹر! کیا یہ اچھے ہو جائیں گے؟"

"خاتون! ان کے جسم سے خون بہت زیادہ نکل چکا ہے۔ اگر خون پہنچا دیا گیا تو اُمید ہے۔"

"کیا میرا خون کام آسکتا ہے ڈاکٹر؟"

"کہہ نہیں سکتا خاتون۔ آپ کا تھوڑا خون لے کر دیکھتا ہوں۔ آیئے میرے ساتھ۔"

ڈاکٹر نے خون لیا اور میں برابر دعائیں کرتی رہی کہ میرا خون میرے شوہر کے کام آسکے۔

"مجھے افسوس ہے کہ آپ کا خون مریض کے کام نہیں آسکتا۔"

ڈاکٹر نے تھوڑی دیر بعد کہا اور میری آنکھوں سے آنسوؤں کی دھارا پھوٹ پڑی۔ زندگی کی ناؤ یاس و امید کے بھنور میں ہچکولے کھا رہی تھی اور میں اپنے ہاتھ میں چپو رکھتے ہوئے بھی لاچار تھی۔

"ڈاکٹر! میری مدد کرو۔ تم جتنا روپیہ مانگو میں تم کو دوں گی لیکن میرے شوہر کو بچا لو۔" میں نے بے اختیار روتے ہوئے کہا۔

"مجھے آپ سے ہمدردی ہے۔ میں کوئی کسر نہ اٹھا رکھوں گا۔"

وہ چلا گیا۔ میں بھی باہر آئی۔ ڈاکٹر میرے شوہر کے کمرے میں داخل ہو رہا تھا لیکن میں خواہش ہوتے ہوئے بھی ان کو دوبارہ دیکھنے نہ جاسکی۔ بلکہ باہر ہی دیوار سے لگ کر کھڑی روتی رہی۔

"آہ! بمبئی نے مجھے لوٹ لیا۔" میری زبان سے یہ جملہ بار بار نکل رہا تھا۔

"اور —— مجھے بڑا افسوس ہے۔" پیچھے سے کسی نے کہا۔ میں تڑپ کر مڑی۔

"بدمعاش!" میرے منہ سے بے ساختہ نکلا۔

"آپ"؟ اس کا مسکراتا ہوا چہرہ ایک دم سنجیدہ ہوگیا۔

"آپ رو رہی ہیں؟" اس کی خوبصورت آنکھوں کے گرد سیاہ حلقے اور بھی تاریک ہوگئے۔ وہ بہت زیادہ لاغر و زرد ہو رہا تھا میں نے نفرت سے منہ پھیر لیا۔

"میں آپ کی کیا مدد کر سکتا ہوں"؟ اس نے جذبات سے گھٹی ہوئی آواز میں کہا۔ میری آنکھوں کے سامنے آج سے دو سال قبل کی ساری شرارتیں گھوم گئیں۔

"چلے جاؤ بدمعاش۔ تم کسی کی کیا مدد کر سکتے ہو"

اور پھر مجھے ایک دم اپنے شوہر کا خیال آگیا۔ آنسو جو ابھی تھم گئے تھے پھر اُمنڈ آئے اور اس کا چہرہ میری نظروں میں دھندلا پڑ گیا۔

"بدمعاش" اس نے مجھے گھورتے ہوئے زیر لب کہا۔ اُس کا چہرہ جو تھوڑی دیر پہلے زرد تھا سرخ ہوگیا۔ اس کے ہونٹ پھڑک رہے تھے اور وہ بغیر کچھ کہے ڈاکٹر کے کمرے کی طرف چلا گیا۔ میں پھر اپنی اندھیری دنیا میں بھٹکنے لگی۔

رات کو آٹھ بجے کے قریب ڈاکٹر نے مجھے اطلاع دی کہ آپ کے شوہر کے جسم میں خون داخل کر دیا گیا۔ خوشی سے میری چیخ نکل گئی۔

"کب دیا؟ کس نے دیا؟ اس وقت کہاں ہے وہ؟"

"خاتون! حیران ہوں کہ آپ کے سوالات کا کیا جواب دوں۔ آپ کو یہ معلوم کر کے افسوس ہوگا کہ خون دینے والے نے وعدہ لے لیا ہے کہ

اس کی زندگی میں اس کا نام ظاہر نہ کیا جائے؟

ڈاکٹر جا چکا تھا۔ اور میرا دماغ اس ایک سوال سے ماؤف ہو رہا تھا کہ وہ کون ہے؟

ڈاکٹر سے معلوم ہوا کہ میرے شوہر ایک ماہ میں تندرست ہو جائیں گے لیکن ان کو پھر سے پا لینے کی خوشی میں بھی میرا دماغ اس ایک سوال کو حل کرنے میں مصروف رہتا جیسے میری تمام دنیا سمٹ کر اسی سوال میں سما کر رہ گئی۔ وہ کون ہے؟

پورے ایک ماہ بعد ڈاکٹر ہمیں ہسپتال سے رخصت کر رہا تھا۔

"خاتون میں آپ کو مبارکباد دیتا ہوں کہ آپ نے اپنے شوہر کو پھر سے پا لیا۔ لیکن کتنے افسوس کی بات ہے کہ وہ شخص جس نے خون دیا تھا موت کی نیند سو گیا۔ ابھی ابھی۔ اسی وقت۔ آپ کے شوہر کے حادثے سے بہت پہلے بیمار تھا اور میرے زیر علاج۔ جس دن آپ کے شوہر ہسپتال داخل ہوئے اسی دن وہ ہسپتال سے رخصت ہو گیا تھا۔ لیکن تھوڑی ہی دیر بعد اس نے آ کر اپنا خون پیش کر دیا۔ کمزور تو پہلے ہی سے تھا۔ اپنا خون اپنی رگوں سے نکلوا کے موت کا زہر بھر لیا۔

"ڈاکٹر کیا میں اپنے محسن کو دیکھ سکتی ہوں؟"

"ہاں ہاں ضرور۔ اب تو وہ مر چکا اور اس کے ساتھ ہی اس کا عہد بھی"؛ ڈاکٹر آگے تھا اور ہم دونوں اس کے پیچھے۔

ڈاکٹر ایک پلنگ کے پاس رک گیا۔ نرس نے چہرے پر سے کپڑا اٹھا دیا۔ اور میرے منہ سے کئی چیخیں نکل گئیں۔ میرا محسن

کون تھا؟
ایک ماہ سے جو سوال میرے دماغ کو جھنجھوڑ رہا تھا آج حل ہو گیا۔
بدمعاش! ہاں یہ وہی بدمعاش تھا۔
میں پلنگ پر جھکی اس کے مرجھائے ہوئے چہرہ کو اپنے آنسوؤں سے ہرا کرنے کی ناکام کوشش کر رہی تھی۔

تعارف : خدیجہ مستور

کاسۂ گندم سے لے کر دلِ یوسف تک ہزاروں قسم کی چوریوں کی واردات عہدِ عتیق سے آج تک اس دنیا میں چلی آئی ہیں۔ لیکن ادبی سرقے جس دھڑلے کے ساتھ اس بیسویں صدی میں شروع ہوئے ہیں، اس کی مثال تاریخ میں بڑی کاوش سے ملے گی۔ خصوصاً نام ومقام کے معمولی تغیر اور واقعات کے برائے نام ردوبدل کے ساتھ اردو سے اردو ہی میں "ترجمہ" کر لینے کا فن اپنی نوعیت کے لحاظ سے ایک ایسی وبائی صورت اختیار کر چکا ہے کہ شاید اس کا استیصال مغربی مجربات کے انجکشن سے بھی ممکن نہ ہو۔ اس سلسلے میں جو اچھوتی مثال خدیجہ مستور نے پیش کی ہے، وہ ۱۵ اکتوبر ۱۹۴۲ء سے پہلے سننے میں نہیں آئی۔ جس طرح وصیت کے دو لفظ باپ کی جائداد کو اولاد کے نام منتقل کر دیتے ہیں، اسی طرح انجم نے محض ایک خط کے ذریعے شہلا کی تمام ادبی کارگزاریوں کو اپنا لیا، صرف یہ لکھ کر کہ اس قلمی نام سے جو کچھ شائع ہوا، وہ میری کاوشوں کا نتیجہ تھا۔ ایک ادبی سارق کی یہ جرأت عہدِ سعدیؒ کے اس دلاور چور کی کارگزاری سے دس قدم آگے نظر آتی ہے جو اپنی پارسائی کا سکہ جمانے کے لئے خود چراغ لیکر ڈھونڈھنے والے کا ساتھ دینے لگا تھا۔ اسے قلم کا اعجاز کہئے کہ خدیجہ مستور کے افسانوں نے بہت جلد اردو ادب میں اپنے لئے ایک اچھی جگہ پیدا کر لی ہے۔ محترمہ کے حالات حسب ذیل ہیں:۔

"میں ۱۹۲۷ء میں لکھنؤ کے ایک متوسط الحال گھرانے میں پیدا ہوئی۔ پانچ سال کی عمر سے ابتدائی تعلیم شروع ہوئی۔ لیکن پڑھنے کی شوقین ہوتے ہوئے بھی کھیل میں زیادہ دلچسپی لینا اپنا اولین فرض سمجھتی تھی، جسکی اصل وجہ یہ تھی کہ ہاجرہ مسرور جیسی کند ذہن لڑکی کا ساتھ (ان دنوں ہاجرہ مسرور گھر میں کند ذہن مشہور تھی) خود گلی ڈنڈے اور کبڈی کی بہترین کھلاڑی۔ ماسٹروں سے تو کچھ زیادہ حاصل نہ کرسکی، البتہ مولوی صاحبان کے موٹے ڈنڈے کے خوف نے نو سال کی عمر میں قرآن پاک ضرور ختم کرا دیا۔ ۱۹۳۶ء میں اسکول میں داخل ہوئی۔ انھیں دنوں اچانک افسانہ نگاری کا شوق بھوت بن کر دماغ میں گھس گیا۔ لیکن گھر میں سب کے بنانے اور چڑانے سے وہ بھوت اِنتقام کا جذبہ لیتے ہوئے بھاگ گیا۔ ۱۹۳۷ء میں والد صاحب کا اِنتقال ہوگیا گھر کی اِقتصادی حالت خراب ہونے لگی اور میری باقاعدہ تعلیم کا خاتمہ ہوگیا۔ اس کے بعد بڑے عجیب عجیب طریقوں سے پڑھا گیا۔ خاندان کے ڈگری یافتہ حضرات کی خوشامد کرکے، بدلے میں جھڑکیاں کھا کے، رات دن کتابوں کا کیڑا بن کے۔ خیر۔ خوش قسمتی یا بدقسمتی کہ کوئی ڈگری تو نہ حاصل کرسکی، ہاں اردو، فارسی، انگریزی کام بھر کی آ ہی گئی۔

۱۹۴۲ء کے اوائل میں پہلا افسانہ لکھا اور خاندان کے بعض قدامت پرست حضرات کی سخت مخالفت کے باوجود آج تک لکھے جا رہی ہوں۔ افسانوں کا پہلا مجموعہ "کہیل" ۱۹۴۴ء میں شایع ہوا۔ دوسرا مجموعہ زیر ترتیب ہے۔

خدیجہ مستور

دُہائی

"اللہ! بھائی جان یہ دیکھئے اِس میں ــــــ" مارے خوشی کے میں بات پوری نہ کرسکی اور رسالہ ان کی طرف بڑھا دیا۔

"اوہ! یہ تو کوئی نیا رسالہ آیا ہے، شاید اس میں میری نظم ہو گی۔ میں نے تو بھیجی بھی نہ تھی نقل ......"

"ارے بھائی جان! یہ آپ کے نام نہیں، میرے نام آیا ہے! اس میں میرا ــــــ"۔

"کچھ دماغ خراب ہوگیا ہے تمہارا، تم ہو بھی کہیں کی بڑی ادیبہ جو رسالے تمہارے نام آنے لگے"!

"آپ تو سنتے بھی نہیں بات! میں نے ایک افسانہ لکھا تھا اور پھر چھپنے کے لئے بھیج دیا۔ دیکھیئے کیسی شان سے شائع ہوا ہے"!

"اوہ!" انھوں نے جلدی جلدی رسالے کو الٹ پلٹ کر دیکھا اور پھر کھڑے ہی کھڑے میرا افسانہ پڑھنے لگے۔ میرا یہ عالم کہ دل خوشی سے

دھڑک رہا تھا۔ ہاتھ پاؤں کانپ رہے تھے اور دل چاہ رہا تھا کہ بس یہ جلدی سے پڑھ کر ختم کریں اور پھر مجھے شاباش دیں کہ واقعی تم نے خوب لکھا مُنّا! پہلے ہی افسانے میں اس قدر ترقی۔ کتنا اَنوکھا خیال پیش کیا ہے اور ــــــ

"لاحول ولا قوۃ! کیا لکھا ہے تم نے، نرا گدھا پن کیا ہے! ایک شریف گھرانے کے لڑکے کو تم نے مہترانی سے چھیڑ چھاڑ کرتے دکھا دیا۔ بھلا یہ بھی کوئی بات ہوئی؟"

انھوں نے رسالہ میز پر پھینک دیا۔

"خوب! میں سچ کہتی ہوں بھائی جان! کہ یہ سب جو لکھا ہے چھپ چھپ کر خوب ہوتا ہے۔ یقین کیجیے کل میں نے آپ کے وہ دوست ہیں نا وسیم، ان کو دیکھا کہ جب میرے گھر سے مہترانی کی لڑکی نکلی تو انھوں نے اس کو چھیڑا اور جب وہ ہنستی ہوئی جانے لگی تو آہستہ سے گانے لگے" "گوری دھیرے چلو جھوا چھلک نہ جائے۔" وہ تو میں جب بھی دروازے پر کھڑی ہوتی ہوں تو ان کو اپنی بیٹھک میں بیٹھے ہر آنے جانے والی عورت کو دیکھ دیکھ کر ہنستے ہی پاتی ہوں! بس آپ کے سامنے جو وہ شریف بنے رہتے ہیں تو آپ نے سمجھ لیا کہ بڑے اچھے ہیں۔"

"بکواس کرتی ہو تم؟ کبھی اس سے پہلے نہ کہی یہ بات، اَب افسانے لکھنے کیا شروع کئے کہ جھوٹ بھی ترقی کر گیا۔"

"جی آپ کو تو ہماری ہر بات بکواس معلوم ہوتی ہے!" میں نے رنجیدہ ہو کر سر جھکا دیا۔ کتنے ارمان سے تو اپنا افسانہ پڑھنے کو دیا۔ اس کی یہ قدر ہوئی۔ پھوٹے منہ سے ایک لفظ تعریف کا نہ نکلا۔" بیٹھ گئیں

منہ لٹکا کے! جیسے میں نے گولی ماردی تمہارے! افسانہ لکھنے کے بعد فوراً ہی حساس بھی ہوگئی غریب!"

"ارے میں کہتی ہوں کہ آخر یہ تم دونوں لڑا کیوں کرتے ہو؟ اماں نے دالان میں سے چیخ کر کہا۔

"جی! میں لڑ نہیں رہا ہوں! یہ آپ کی صاحبزادی پر افسانہ نگاری کا بھوت سوار ہے۔" بھائی جان نے دالان کی طرف بڑھتے ہوئے طنزیہ کہا اور اماں پیشانی پر ہاتھ مار کر اور زور سے پنکھا جھلنے لگیں۔

"اب خدا ہی حافظ ہے اس گھر کا، صاحبزادے خیر سے پہلے ہی اَدیب و شاعر تھے اب بیٹی کو بھی افسانہ نگاری کی لت لگ گئی"۔ اماں نے بڑی رقت سے کہا جیسے میں نے افسانہ لکھ کر کوئی ثقیل گناہ کیا ہے۔ جب بھائی جان نے پہلے پہل نظم کہی تھی تو سب کتنے خوش ہوئے تھے اور میری یہ گت!

"کان کھول کر سن لو شہلا اگر تم نے گھر کے کام میں ذرا بھی کسر کی تو مجھ سے برا کوئی نہ ہوگا۔ جیسے تمہارے بھائی جان کی ملازمت کے نام سے جان نکلتی ہے یہ حال نہ ہو تمہارا اب!" اماں نے کھرے پلنگ پر لیٹ کر پاؤں پھیلاتے ہوئے کہا۔" اور سن لو کہ چائے میں اِس کھوسٹ رحیمن کے ہاتھوں کی نہ پیونگا، وہ بالکل خراب چائے بناتی ہے۔ اب تم مجھے دونوں وقت بنا کر دو گی۔ ورنہ ہاں ——— وہ افسانہ نگار جو ہوگئی ہو تو کھوئی کھوئی نہ پھرنا"۔ وہ کچھ بگڑے سے کرسی پر بیٹھ گئے۔

"یہ تو آپ کی زیادتی ہے بھائی جان! آخر آپ پہلے رحیمن کے

ہاتھ کی بنی ہوئی چائے پیتے تھے یا نہیں ـــــــ؟ میں نے تو ناحق آپ کو اپنا افسانہ دکھایا جو پابندیاں لگ گئیں، واہ کیا قدر کی میرے لکھے کی، وہ دوسری لڑکیوں کے ذلیل ذلیل سے افسانے پڑھ کر کیسی تعریفیں کرتے ہیں۔"

"اگر تم کچھ لکھو تو پھر واقعی تعریف بھی ہو، فضول سے افسانے کی کون تعریف کرے۔"

خیر ہوگا فضول، میں آپ کو چائے بنا کر دیدیا کروں گی باقی آپ کو مجھ سے کوئی غرض نہ ہونا چاہیئے۔

"ہاں مجھے کیا غرض، لیکن یہ بتائے دیتا ہوں کہ ترقی ورقی تم کرنے سے رہیں، پہلا ہی افسانہ پڑھ کر سب معلوم ہو گیا!"

"اور آپ کی کون بڑی شہرت ہے۔"

"ہے کیوں نہیں، خدا قسم تمام اچھے لکھنے والوں میں پہلا نمبر ہے۔"

میرا! وہ جوش سے کھڑے ہو گئے۔

"تو میرا بھی کبھی نام ہو جائے گا۔"

"بس ہو چکا!" ـــــــ وہ پھر بیٹھ گئے۔

"اچھا خیر! ـــــــ میں اپنے کمرے میں چلی آئی۔ آخر یہ بھائی جان کو کیا ہو گیا ہے ـ انھیں، تو خوش ہونا چاہیئے کہ ان کی ہونہار بہن ان کے نقش قدم پر چل رہی ہے۔ نہ کہ مجھ سے تپنے لگے، ابھی ایک ہی افسانہ لکھا ہے اور پیشین گوئی کر دی کہ میں ترقی کرنے سے رہی، اونہہ! دکھا دوں گی ان کو کہ میں کیا کچھ نہیں کر سکتی۔ ابھی وہ اپنی

بہن کی صلاحیتوں کو سمجھے ہی نہیں۔ ورنہ یہ کبھی نہ کہتے۔

ایک، دو، تین برابر لکھے گئے اور ایک سال کے اندر اندر بارہ بہترین افسانے لکھ ڈالے اور سب کے سب معیاری رسائل میں شایع ہوئے۔ ادبی دنیا سے دلچسپی رکھنے والوں میں دھوم مچ گئی، روز تعریفی خطوط آنے لگے۔ ایک دن میں لے فخر سے بھائی جان کو اپنے کارنامے دکھائے۔ وہ بھی ایسی حالت میں جبکہ پہلے ہی سے خوش نظر آرہے تھے۔

"دیکھیئے یہ سب، ویسے تو بقول آپ کے میں ترقی کرنے سے رہی" میں نے چند رسالے اور خطوط ان کے سامنے رکھ دیئے۔

"اب تم دکھا رہی ہو تو دیکھے لیتا ہوں"، انھوں نے ایک قہقہہ لگایا اور خطوط پڑھنے لگے۔ کہاں تو ایسے خوش تھے لیکن خطوط دیکھکر چہرہ پھیکا سا ہوگیا۔ پھر انھوں نے ایک افسانہ پڑھا اور بڑے فکرمند سے ہوگئے۔ لو بھلا یہ خوش ہونے کے بجائے فکر کیسی —— میرا دل دھڑکنے لگا کہ اب دیکھیں کہ سال بھر کی محنت کا کیا صلہ ملتا ہے۔

"ہاں بس کچھ چل نکلی ہو" —— انھوں نے تھکے سے لہجے میں کہا۔

"جی، چل نکلی ہوں!" —— مجھے غصہ آگیا۔

"نہیں تو کیا بڑی مشہور ہوگئی ہو؟" —— انھوں نے میرے رسالے میری طرف بڑھا دیئے۔

"آپ یہ کیوں نہیں مانتے کہ اب آپ کے برابر میری شہرت بھی

ہوگئی ہے ؟" میں رسالے سمیٹنے لگی۔

"افوہ! یہ زعم ؟ تم مر بھی مشوجب بھی میرے برابر نہیں پہونچ سکتیں"

"جی تو ذرا آپ اپنے کسی افسانے پر ایسا نوٹ، دکھایئے جیسا میرے افسانہ پر لکھاہے"

"ایک کیا ہزار ——— وہ جوش سے کھڑے ہو گئے اور الماری سے تمام رسالوں کی فائلیں نکال کر زمین پر پھینک دیئے اور لگے اپنے افسانے ڈھونڈنے مجھے ہنسی آئی جا رہی تھی۔ میں نے تقریباً ان کے سب افسانے دیکھے تھے اور اچھی طرح جانتی تھی کہ حضرت کے ایک افسانے پر بھی ایسا نوٹ نہیں لکھا گیا ہے

"یہ دیکھو ———" انھوں نے ایک افسانہ میرے سامنے کر دیا۔

"اور یہ دیکھئے میں نے اپنا افسانہ بالکل ان کی آنکھوں سے لگا دیا۔ وہ جھنجھلا گئے۔ اور پھر لگے فائلیں الٹنے پلٹنے۔ میں خاموش کھڑی ان کا جوش دیکھ رہی تھی۔

"اب نکال بھی چکیئے۔ ایک کیا ہزار ہیں آپ کے پاس" میں نے انہیں تپایا۔

"نہیں نکالتا۔ بڑی آئیں حکومت کرنے والی ——— نامعقول" وہ فائلیں سمیٹ کر الماری میں رکھنے لگے۔

"یہ اچھی رہی۔ کیا خوب آپ نے اپنے کو بال بال بچایا"

"بچایا کیا؟ تمہاری جیسے نومشق سے میرا کیا مقابلہ ؟"

"بے شک میرا آپ سے کیا مقابلہ" میں نے اقبال کر لیا کیونکہ اُن کی صورت بالکل اتری ہوئی تھی۔ میں نے اچھی طرح سمجھ لیا کہ بھائی جان میری تعریف کیوں نہیں کر سکتے۔ دن بھر وہ منہ پھلائے رہے اور مجھ سے بات نہ کی۔

"اماں! یہ منع کرو شہلا کی بچی کو۔" بھائی جان کی دھیمی سی آواز میرے کمرے تک پہونچ ہی گئی اور میں کتاب رکھ کر کن سوئیے لینے لگی۔

"کیا ہوا آخر؟" اماں نے پوچھا۔

"ہوا کیا؟ دو چار افسانے کیا لکھ دئے کہ ہر وقت مقابلے پر آیا کرتی ہے آج کل لکھ جو رہی ہے نا اور مجھے فرصت ہی نہیں ملتی ورنہ دکھا دوں۔ کہ بھلا تم کیا لکھو گی میری جیسی رفتار سے۔ اور پھر سوچتا ہوں کہ مجھے ضرورت ہی کیا ہے بھلا۔ ایسی دائمی شہرت حاصل کرلی۔ ہے کہ اسے نصیب بھی نہیں ہو سکتی ہے۔" ان کی آواز غصّے سے بھرائی اور اماں کی ہولے ہولے ہنسنے کی آواز آئی۔"

"اے ہٹو بھی نجم تم بھی کیا بہن سے خار کھاتے ہو" اماں نے جلے پر نمک چھڑکا اور مجھے آئی ہنسی۔ جلدی سے ہٹ گئی۔ کہ کہیں بھائی جان کو خبر ہو گئی تو سارا غصہ مجھ پر اتریگا۔ افوہ، ہم سگے بہن بھائی اور شہرت کے معاملے میں یہ دشمنی۔ مجھے کچھ رنج سا ہونے لگا۔ اور پھر میں نے بھی سوچ لیا کہ اب ان کو اچھی طرح بتایا جائے گا۔ اس کے بعد میں نے اور بھی انہاک سے لکھنا شروع کیا۔ بھائی جان دیکھتے اور ہونٹ کاٹتے۔

"کھانا بد مزہ ہوتا ہے۔ افسانہ نگار صاحبہ کو فرصت ہی کب ہے۔ جو رحیمن کے کام میں مدد دی جائے۔" وہ کھانے میں طرح طرح کے عیب نکالتے ہوئے کہتے۔

"چائے جوشاندہ معلوم ہوتی ہے۔" وہ کپ توڑنے کے انداز سے پٹخ کر کہتے۔ میں سب باتوں کا جواب ایک مسکراہٹ سے دیتی۔

چند دن بعد میں نے محسوس کیا کہ اب میرے نام خطوط کا انبار آنا

بتدریج کم ہوتا جا رہا ہے۔ رسالے بھی غائب ہو رہے ہیں۔ میں گھبرا گھبرا ڈیٹروں کو خط لکھتی لیکن جواب غائب۔ اور چند ماہ بعد تو خطوط اور رسائل آنا قطعی بند ہو گئے۔ اور میں نے مایوس ہو کر لکھنا بند کر دیا اور سمجھ لیا کہ یہ سب میرے غرور کا نتیجہ ہے۔ یا پھر اب میرے افسانوں میں وہ بات ہی نہیں ہوتی جو کوئی قدر کرے۔ بھائی جان نے مجھے کئی دفعہ چھیڑا: "کہو بھئی کیا حال ہے۔ خوب چپکے چپکے ترقی کی جا رہی ہے۔ اب تو ہمیں شریک کرنا بھی گوارا نہیں بھئی اب وہ تمہارے رسالے آنا کیوں بند ہو گئے۔؟ خیر آتے بھی ہوں تو اب ہمیں کیوں دکھاؤ گی۔"

میں خاموشی سے اِن باتوں کو سنتی اور کبھی کبھی چھپ کر رو لیا کرتی کیا سوچا تھا اور کیا ہو گیا ورنہ یہ بھائی جان یوں میرے سر پر چڑھتے۔ چار دن کے لئے بھائی جان باہر گئے ہوئے تھے۔ اماں بھی محلے میں جا بیٹھیں۔ تنہائی میں دل جو زیادہ گھبرایا تو دیوان خانے میں جا کر بھائی جان کی میز کی درازیں کھولنے بند کرنے لگی۔ اور یہ دیکھ کر ایک دم اچھل پڑی کہ ایک دراز میں میرے وہ تمام خطوط جو گھبرا گھبرا کر اڈیٹروں کو لکھے گئے تھے بحفاظت رکھے ہوئے تھے۔" اوہ یہ بات ہے۔ وہی تو میں کہوں کہ کیا ہو گیا" مجھے ایک بار پھر اپنے اوپر غرور کرنے میں مزا آنے لگا۔ اور تو اور بہت سے ایسے خطوط بھی ملے جو ایڈیٹروں نے میری خاموشی سے گھبرا کر لکھے تھے۔ بھائی جان کی چوری پکڑ کر غصے کے ساتھ ساتھ خوشی بھی بہت ہوئی۔ غصہ تو یوں آیا کہ دیکھو خواہ مخواہ ہی تو مجھے اتنے دن دنیائے ادب سے گم کر دیا اور خوشی اس لئے ہوئی کہ دیکھو اب کیسا سمجھتی ہوں بھائی جان سے خدا کی قسم مارے طعنوں کے ان کا کلیجہ چھلنی نہ کر دیا ہو تو نام نہیں۔ اب تو

جیسے ایک دَم مجھ میں شان سی آگئی اور بھائی جان کا خوف دل سے نِکل گیا۔ جب کوئی اپنے سے بڑے کی چوری پکڑتا ہے تو یہی حالت ہوتی ہے۔ آونہہ کوئی ہمارا کیا بنالے گا۔ وہ خود ہی جو ایسے ہیں۔ اور میں نے ان کی میز پر پڑی ہوئی صبح کی ڈاک کا معائنہ شروع کر دیا۔ یہ لفافہ بھئی نہیں کھولنا چاہیئے۔ ذرا بری سی بات ہے تو پھر یہ رسالہ کھول کر پڑھنا چاہیئے۔ اور میں نے رسالہ کھولکر اُلٹنا پلٹنا شروع کر دیا۔ رسالے کے پانچویں ہی صفحے پر بھائی جان کا ایک افسانہ مع ایک نوٹ کے شائع ہوا تھا۔ خوب تو گویا اب بھائی جان کے افسانوں پر بھی نوٹ شائع ہونے لگے۔ مجھے کچھ جلن سی ہوئی۔ خیر پڑھنا شروع کیا۔ لکھا تھا۔

"جناب نجم الحسن صاحب ایک بہترین شاعر ہونے کے علاوہ ایک اچھے افسانہ نگار بھی ہیں ناظرین کو یہ معلوم کرکے حیرت ہوگی کہ گزشتہ ایک سال سے جو افسانے شہلا کے نام سے شائع ہوتے رہے ہیں اور جن کی دھوم سارے ملک میں ہے وہ بھی دراصل نجم صاحب کے قلم کا اعجاز تھے۔ اِس حقیقت کا اِنکشاف آپ نے اپنے ایک دلچسپ خط کے ذریعہ فرمایا ہے۔ ہم جناب نجم الحسن صاحب کو اس "حسین دھوکے بازی" پر مبارکباد پیش کرتے ہیں ——"

آنکھوں کے سامنے حروف ناچنے لگے اور مجھے ایسا معلوم ہوا کہ کسی نے مجھے چکر دیکر ایک دم چھوڑ دیا ہے۔ دیکھا! اسے کہتے ہیں دن دہاڑے سب کی آنکھوں میں دھول جھونک کر لوٹ لینا۔ جی میں آیا بس خودکشی کر لوں لیکن ——

تعارف : فاطمہ نسرؔین

عرب کی سرزمین عہد جاہلیت سے آج تک ایسے بہادروں کی آماجگاہ رہی ہے جن کی ہمت وشجاعت کے جوہر میدانِ جنگ میں داد وتحسین حاصل کرنے کے ساتھ ساتھ عموماً عشق ومحبت کے آغوش میں بھی اپنا نکھار دکھاتے نظر آتے ہیں۔ یہی وجہ ہے کہ اہل عرب اور خصوصاً ان قبیلے والوں کے حالاتِ زندگی قلمبند کرتے وقت جن کی خواتین محفل نشاط سے میدان کارزار تک ہمیشہ مردوں کے دوش بدوش رہی ہیں؛ مورخ کا قلم صحیح اسلوبِ بیان سے ذرا ہٹ کر افسانہ نگاری کے گل کھلانے لگتا ہے۔ اِس ضمن میں جو گوہر فشانیاں شررؔ لکھنوی نے کی ہیں، وہ ہمارے ادب میں اپنی نظیر آپ ہیں۔ تاہم فاطمہ بیگم نسرؔین کی یہ کاوش بھی لائق تحسین ہے۔ انھیں ایک ادب پرور گھرانے سے نسبی تعلق ہونے کے باعث زبان وبیان پر پوری قدرت حاصل ہے۔ تاہم یہ ضرور کہنا پڑیگا کہ ٹکنیکل اِعتبار سے کچھ وہ خامیاں پائی جاتی ہیں، جو محکمہ ریڈیو سے مستقل طور پر وابستہ ہو جانے کے بعد ایک افسانہ نگار کی تحریر میں عموماً پیدا ہو جاتی ہیں۔ میرے خط کے جواب میں انھوں نے ان چند سطور پر اِکتفاء کی:۔

میں کیا اور میری زندگی کے حالات کیا۔ بجز اس کے کہ ؎

حاصل عمر زا زیں بیش نیست
خام بدم، پختہ شدم، سوختم،

تاہم میرے اِصرار پران کی بجائے حضرت بہزؔاد لکھنوی نے جو کچھ لکھا،

وہ نیچے درج کیا جاتا ہے:۔

"فاطمہ بیگم نام۔ نسرین تخلص۔ جناب سید محمد جعفر صاحب مرحوم آنریری اسسٹنٹ کلکٹر و ایڈوکیٹ لکھم پور کی صاحبزادی ہیں۔ ان کو ادبی ذوق ان کے نانا منشی سید علی محمد شاد عظیم آبادی سے ورثے میں ملا ہے۔ شاعری سے زائد افسانہ نگاری کا ذوق ہے۔ ہندوستان کے جملہ موقر رسائل میں ان کے افسانے اور ادبی مضامین نکلتے ہیں۔ نثر کی ہر صنف پر حاوی ہیں۔ اور قلم برداشتہ لکھتی ہیں۔ انگریزی، اردو فارسی میں مہارت تامہ رکھتی ہیں۔ آج کل آل انڈیا ریڈیو لکھنو کے محکمہ تصنیف و تالیف میں ملازم ہیں۔"

فاطمہ نسرین

وہ کون تھا؟

بہار کی ایک خوبصورت شام کو کھجور کے لانبے درختوں پر آفتاب کی زرپاش ہلکی ہلکی کرنیں ضوفشاں تھیں۔ نسیم شام کے فرحت افزا لطیف جھونکے خرمے سے لدے ہوئے درختوں کو جنبش دے رہے تھے۔ فضا شعریت میں ڈوبی ہوئی تھی۔ نیلگوں آسمان پر ہلالِ نو شمع خاموش بنا ہوا۔ خوبصورت بالوں والے دنبوں کا قافلہ دور چر رہا اور کچھ اونٹ اطمینان سے بیٹھے تھے۔ باغبانِ اسلام کی روح فراز آب پاشی وچمن آرائی بظاہر ختم ہوچکی تھی لیکن ان کے محنت سے لگائے چمنستان کی بہار روز افزوں عروج پر تھی۔ مدینہ سے باہر چند خس پوش مکانات تھے۔ سامنے کنوئیں کے پنگھٹ پر حسن عرب کی چند حسین تصویریں پانی بھر رہی اور لطیف مذاق آپس میں باتیں کر کے خوش ہو رہی تھیں۔ کچھ دور پر ایک صاف ستھرے مکان کے پائین باغ میں دو حور شمائل لڑکیاں باتوں میں مصروف تھیں۔ پتھر سے ٹیک لگائے ہوئے بیٹھی ہوئی لڑکی سلمیٰ حسین تھی۔ مصوّر قدرت کی ناز آفرین تصویر

اس کی غزالیں چمکدار آنکھیں کھجور کے درخت کی طرف نگراں تھیں۔

عذرا۔ (سلمہ کی پیاری سہیلی) سلمہ دیکھتی ہو ان ایرانیوں نے کس قدر پریشان کر رکھا ہے۔ مثنےٰ آئے ہیں، دیکھئے کتنی کمک دی جاتی ہے۔ خدا مسلمانوں کو ہمت دے۔ وہاں لاتعداد فوج سامانِ اسلحہ ادھر اس کی چوتھائی بھی نہیں۔

سلمہ۔ خیر کچھ بھی ہو فتح ہماری ہوگی۔ مجھے میدان جنگ کی سیر کا شوق ہے۔ میں نے اب تک کوئی لڑائی نہیں دیکھی بابا ضرور ہی جائیں گے اور اس بار میں بھی ان کے ساتھ جاؤں گی۔ تم بھی ساتھ چلونا عذرا۔

عذرا۔ ہاں خواہش تو میری بھی یہی ہے۔ ساتھ چلیں گے تو لطف رہے گا۔

سلمہ۔ خدا جانے کیا ہوا بابا اب تک نہیں آئے۔ شاید ابھی مٹنگ (مجلس مشاورت) ختم نہیں ہوئی۔

ابراہیم۔(داخل ہو کر) لو میں آگیا بیٹی۔

سلمہ۔ خوش آمدید بابا جان۔ فرمائیے کیا طے ہوا؟

ابراہیم۔ ابو عبید ثقفی نے جہاد کا بیڑا اٹھایا ہے۔ چار ہزار آدمیوں کے ساتھ روانہ ہو رہے ہیں۔

سلمہ۔ آپ بھی جائیں گے بابا جان۔؟

ابراہیم۔ یقینی بیٹی۔!!

سلمہ۔ ہم لوگوں کو بھی ساتھ لیتے چلیئے اور کچھ نہیں تو میں مجاہدین کی خدمت کا ثواب حاصل کر سکوں گی۔!

ابراہیم۔ ضرور ضرور۔ اگر تمہاری ماں بھی چلیں تو میں خوشی سے لیجانے کو

تیار رہوں۔

(۲)

میدان جنگ میں مغرب کی جانب اسلامی مجاہدین مشرق کی طرف ایرانی فوجوں کا کیمپ تھا۔ صبح صادق کا روح افزا وقت۔ چمکدار پروں والے پرندوں کے جھنڈ حمد ربانی میں نغمہ سنج تھے۔ انگور کی نازک بیل ہوا کے جھونکوں سے لہرا رہی تھی۔ میدان جنگ ایرانی کشتوں سے بھرا ہوا کیمپ خالی تھا۔ اسلامی کیمپ میں خوشیاں منائی جا رہی تھیں۔ بہادران اسلام طاعت ربانی سے فارغ ہو کر لطیف اشعار پڑھ رہے تھے کچھ منہ ہاتھ دھو رہے اور اکثر کل کی فتح وظفر پر تنقید و مسرت کا اظہار کر رہے تھے سلمیٰ اور عذرا کشتگاہ سے دور ایک چھوٹے سے سلسلہ کوہ کے پیچھے قدرت کی سحر آفرینی سے لطف اندوز ہو رہی تھیں۔

سلمہ۔ کیوں بہن عذرا۔ ! پتہ چلا کہ وہ کون تھا جو اس بہادری سے جنگ کر رہا تھا۔؟

عذرا۔ ہاں بہن۔ وہ انسان ہی نہ معلوم ہوتا تھا فرشتہ رحمت تھا یا چمکتی ہوئی بجلی!!

یاد ہے وہ جنرل نرسی (ایرانی کمانڈر) کی طرف کس زور سے لپکا تھا۔ اس کی تلوار دشمنوں کا کس تیزی سے صفایا کر رہی تھی۔ کسی اعلیٰ قبیلہ کا چشم و چراغ معلوم ہوتا تھا۔ کیونکہ اس کے چہرے سے شرافت ٹپکتی تھی۔

سلمہ۔ اُف تم نے تو تعریفوں کا طومار باندھ دیا۔ خدا تم پر رحم کرے۔

عذرا۔ لو صاحب! کسی مستحق کی تعریف کرنا بھی گناہ ہے۔
سلمہ۔ آہا۔ دیکھو دیکھو۔! وہ صاحب سامنے ہی تو ٹہل رہے ہیں۔
عذرا۔ ذرا بیچارے کو بلا کر تعریف تو کر دو۔ دل خوش ہو جائے گا۔
سلمہ۔ (شرارت سے) تو کہتی ہوں پکار کر کہ عذرا بلا رہی ہیں۔
عذرا۔ چپ شیطانہ۔ کبھی تو شرارت چھوڑ کر انسان بن جایا کر۔
سلمہ۔ اُہ بڑی بی۔ ناصح مشفق کب سے بن گئیں ——؟
لو اب میں کچھ نہ بولوں گی۔ (تھوڑی دیر بعد) دیکھو وہ چل دیئے۔ اُہنہ! میں کیوں تعریف کروں کسی کی۔
عذرا۔ کسی کی حوصلہ افزائی کرنا گناہ تو نہیں۔ خفا ہو گئیں۔ اچھا لے تو خوب خوب شرارت کر لیکن خدا کے لئے منہ نہ پھُلا۔
سلمہ۔ (شرارت سے تھپڑ لگا کر) تو پھر بلا کر حوصلہ بڑھاؤں اُنکا؟

(رومال ہلاتی ہے)

نوجوان۔ سلام علیکم۔ میں کیوں یاد فرمایا گیا ہوں؟ کوئی خدمت میرے لائق ہے؟
سلمہ۔ شکریہ۔ بلائے تو آپ اس لئے گئے ہیں کہ آپ کی بے نظیر شجاعت کی تعریف کی جائے۔ خدا آپ کے بازو اور ارادہ میں اور ترقی دے۔
جوان۔ آپ کی عزت افزائی کا شکریہ۔ کیا میں دریافت کر سکتا ہوں

کہ میں کس معزز خاتون سے مخاطب ہوں؟

سلمہ ۔ میرے باپ کا نام مسعود بن مالک ہے اور یہ میری پیاری سہیلی ابراہیم ثقفی کی دختر نیک اختر۔ اَب آپ اپنا نام بتلائیے؟

نوجوان۔ ناچیز کو جمیل بن سہیل کہتے ہیں!!

عذرا۔ (سحر پاش لیلی آنکھیں اٹھاکر) کل ہم لوگ آپ کی شجاعت کا تماشہ دیکھ رہے تھے جس بہادری سے آپ نے جنگ کی ہے تعریف نہیں ہوسکتی ۔ ہم لوگ مبارکباد دیتے ہیں ۔

جمیل۔ آپ کے حسن ظن کا شکریہ۔ میں اس زرین تعریف کا مستحق کہاں! لیکن میری کوشش یہی رہتی ہے کہ میرے خون کا آخری قطرہ بھی خدمت اسلام میں گرے۔ یزدان پاک میری کوششیں مشکور کرے۔

سلمہ ۔ اب کیا ارادہ ہے ۔ قرب وجوار پر تو اپنا قبضہ ہوگیا۔

جمیل۔ جی ہاں یہ تو ٹھیک۔ لیکن لڑائی ابھی ختم نہیں ہوئی کیونکہ نرسی وجالینوس (ایرانی فوج کے کمانڈر) بھاگ کر رستم کے پاس گئے ہیں ۔ یزدجرد شاہ ایران دوسرا حملہ ضرور کرے گا۔

(۳)

ز شیر شتر خوردن و سوسمار
عرب را بجائے رسید ست کار
کہ ملک عجم را کنند آرزو
تفو بر تو اے چرخ گرداں تفو

جون کا گرم کرۂ نار کی طرح دہکتا ہوا آفتاب آتش باری کر رہا تھا۔ اور قادسیہ کی سرزمین تپ رہی تھی ہوا کے گرم جھونکے جان لیوا بنے ہوئے تھے۔ دریا کا صاف شفاف ٹھنڈا پانی گرم ہو رہا تھا اسلامی اور ایرانی فوجیں ایک دوسرے کو خاک وخون میں ملا رہی تھیں۔ قریب تھا کہ جنگ کا فیصلہ ہو جائے کہ ایرانی کمانڈر نے ہاتھیوں کو بڑھانے کا حکم دیا۔ بیچارے گھوڑوں نے یہ پہاڑ سے جانور کاہے کو دیکھے تھے بھڑکنے اور سوار گرنے لگے۔ جب مسلمانوں نے یہ حالت دیکھی تو گھوڑوں سے کود پڑے اور ہاتھیوں و سواروں کو تلوار پر رکھ لیا۔ لڑائی زور شور سے ہو رہی تھی اور میدان جنگ خونی چھڑکاؤ سے لالہ زار بنا ہوا تھا اور ہر فوج میدان مار لینا چاہتی تھی۔ اسی کوشش میں چند مسلمان رزم گاہ سے دور ہو کر فوج کے ایک دستے میں محصور ہو گئے تیروں کی بارش نے مجاہدوں کو جام موت سے سیراب کرنا شروع کر دیا۔ صرف ایک نوجوان لڑتے لڑتے بچ رہا تھا۔ جنگ کرتے کرتے اس کے بازو شل ہو چکے اور زخموں سے خون نکل جانے کی وجہ سے قوت جواب دے رہی تھی۔ قریب تھا کہ فوج مخالف کا ایک سپاہی قتل کر دے کہ اسلامی لشکر سے ایک رضاکار بجلی کی سی تیزی سے نکلا اور حملہ آور کو

قتل کر کے جمیل کو اپنی تلوار کے سایہ میں لے کر لڑتا ہوا اسلامی کیمپ تک بخریت پہنچا کر غائب ہوگیا۔ ایک دوسری طرف بھی چند پرجوش رضاکار دشمنوں میں گھرے ہوئے لڑ رہے تھے۔ آخر کہاں تک۔ دس کا مقابلہ چالیس سے ؟ وہ تھک گئے اور بازو جواب دینے لگے۔ ایک دوسرا نوجوان بہادری سے حملہ کر رہا تھا۔ جمیل کو پہنچا کر وہ بھی اس طرف دوڑا اور مقابلہ کرنے لگا۔ اسی اثناء میں ایک دشمن لے ابراہیم پر تلوار چلائی۔ وہ گھوڑے پر تھم نہ سکے اور گر کر بیہوش ہو گئے۔ آنے والے نوجوانوں نے فوراً اس کو گھوڑے پر ڈالا اور میدان سے باہر نکل گیا۔ دوسرا نوجوان ابھی جنگ کر ہی رہا تھا کہ تکبیر کا شور بلند ہوا اور رستم کے مارے جانے کی خبر ہوا کی سی تیزی سے مشتہر ہوگئی۔ سرکی فوج بھاگی اور ایرانیوں کو شکست ہوئی اسباب غنیمت سے سارا کیمپ بھر گیا۔ بیش بہا اشیاء نے عربوں کی آنکھیں خیرہ کردیں۔ اب غازیان اِسلام خوش تھے۔ اور سجدۂ شکر میں ہر ایک کی جبین نیاز جھکی ہوئی اور زبان پر شکر الٰہی کا کلمہ جاری۔ سارے ایران پر اسلامی علم لہرا رہا تھا اور درفش کاویانی سرنگوں پڑا تھا۔

---

(۴)

چھپ نہیں سکتا ہے محبت کا وہ بے ساختہ پن
آیا ہی جاتا تھا ہونٹوں پہ ترا نام ابھی

ایران کی سرزمین باغ بے خزاں بنی ہوئی قصر ابیض پر اِسلامی

علم نصب، گلہائے رنگین سے مدائن خیابان ارم بنا ہوا تھا۔ سڑک کے دونوں جانب سرو اور ریموؤں کے درخت خوبصورت آراستہ مکانات کے پائیں باغ کی دلکش روشیں انار اور حنا کے پھولوں کی نزہت بیز خوشبو یاسمن اور بنفشے کی رنگینیٔ حسن بلبل خوشنوا اور قمریِ نغمہ سنج کی زمزمہ پردازی یہ ایسی چیزیں ہیں جو ہر دل میں " فردوس اعلیٰ " کا ہلکا سا خیال پیدا کر دیتیں۔ عذرا اور سلمہ چند خیموں سے کچھ دور ایک پیچ و خم کھا کر بہنے والے دریا کے کنارے جن پر انار اور سیب کے درختوں کا عکس پڑ رہا تھا سبزہ زار پر نسیم صبح اور " گلگشت مصفا " کا لطف اٹھا رہی تھیں۔

عذرا۔ عمو کی طبیعت کیسی رہی؟

سلمہ۔ (انگور توڑتی ہوئی) بحمد اللہ اب روبصحت ہیں۔ جراح کا خیال ہے کہ ایک ہفتہ میں ٹھیک ہو جائیں گے۔

عذرا۔ شکر خدا۔ اف یہ مقابلہ بھی زندگی اور موت کی زبردست کشمکش تھا۔ تاریخ اس کو یاد رکھے گی۔

عذرا۔ بیچارے جمیل کو بھی تو کئی گہرے زخم آئے تھے معلوم نہیں کیا حال ہے۔ کیسا بہادر اور نیک شخص ہے۔ ایلو بی سلمہ آپ نے کیوں نظر نیچی کر لی۔

سلمہ۔ کس نے میں نے؟

عذرا۔ جی نہیں میں نے!!

سلمہ۔ توبہ میرے اللہ اس قدر جھوٹ!

عذرا۔ جی ہاں میں ہی تو جھوٹی ہوں۔ میری ہی تو مشتاق

نظریں جمیل پر پڑ رہی تھیں۔ میں ہی تو میدان جنگ میں دعائیں مانگ رہی تھی۔ جمیل میری ہی تو تعریفیں کرتے ہیں۔ اجی جاؤ مجھ سے بھلا کیا اڑتی ہو سے

جلوے مری نگاہ میں کون و مکاں کے ہیں
مجھ سے بھلا چھپیں گے وہ ایسے کہاں کے ہیں

—— (۵) ——

قبول جرم مگر اتنا کہنا ہے مالک!
کہ میرے بس میں دل مہاناں خراب تھا

رقیہ۔ کیوں بیٹا سہیل! اب تم اس قابل ہو گئے کہ شادی کر کے ہم لوگوں کی حسرت پوری کرو۔

ذکیہ۔ ہاں بھائی جان میرے بھائی جان! صفیہ کے والدین آپ کو پسند کرتے ہیں۔

سہیل۔ شکریہ۔ لیکن میں تو ان کو پسند نہیں کرتا۔

رقیہ۔ اچھا بنت سلمان سے کرو گے؟

سہیل۔ معاف فرمائیے امی جان! ابھی تو میں شادی کرنا ہی نہیں چاہتا۔

رقیہ۔ بھلا یہ کیسے ہو سکتا ہے؟

ذکیہ۔ اچھا آپ اپنی پسند بھی تو بتلائیے؟

سہیل۔ میری پسند —— میری پسند کیا ہے بھلا؟

ذکیہ۔ بھائی جان۔ علم نجوم میں بھی مجھے دخل ہے۔
سہیل۔ یہ کب سے؟
ذکیہ۔ جب سے ایران فتح ہوا۔
سہیل۔ ایران فتح ہوا — ؟ یہ کیا — ؟
ذکیہ۔ (ہنستی ہوئی) امی جان سلمیٰ بنت ابراہیم سے ان کی شادی کرئیے مجھے بہت پسند ہیں وہ۔
رقیہ۔ مجھے بھی وہ پسند ہے۔

—(۶)—

نہ مل سکنے کا جن سے فیصلہ قسمت نے کر ڈالا
وہی اس یاس کے عالم میں پہروں یاد آتے ہیں

مسعود کا روشنی سے جگمگاتا ہوا مکان مہمانوں سے بھرا ہوا تھا —

دعوت ولیمہ کی تیاریاں ہو رہی تھیں ——— شاعر مبارکباد اور مسرت سے بھرے ہوئے اشعار پڑھ رہے تھے۔ مبارک سلامت کا شور تھا کیونکہ جنگ میں اس کو حسن خدمات اور بیمثل شجاعت کے عوض میں کمانڈر اور امیر حلب بنایا گیا تھا۔ پھولوں سے لدی ہوئی سلمیٰ ایک کمرے میں فرش پر بیٹھی تھی۔ چہرہ باسی پھولوں کی طرح زرد اور مرجھایا ہوا۔ قریب ہی عذرا عود بجا رہی تھی کہ سہیل نے اجازت باریابی چاہی۔

سہیل۔ (داخل ہو کر) عذرا بہن سلام علیک۔

عذرا کے منہ سے انتہائی حیرت سے چیخ نکل جاتی ہے "ارے جمیل!"

سلمیٰ بھی متعجب ہو کر دیکھنے لگی۔ اندرونی کشش اور مسرت کے جذبات نے اس کو کھڑا کر دیا۔ اس کے بعد چکر آیا لڑکھڑائی اور دیوار کا سہارا لیکر بیٹھ گئی۔

سہیل۔ کہئے عذرا بہن! آپ لوگ خیریت سے تو رہیں؟ ہاں سرکار ذرا اب تعریف ہو میری۔ اور یہ سلمیٰ صاحبہ کیا خفا ہیں اِس بندۂ ناچیز سے؟

عذرا۔ شریر جمیل یہ کیا نئی شرارت کی تم نے۔ خدا کے لئے بتلاؤ یہ سب خواب ہے یا حقیقت؟

جمیل۔ تو لاؤ۔ میں تمہارے کان میں چیخوں تب معلوم ہو جائے گا۔

عذرا۔ خیر مجھے تو معاف ہی فرمایئے اپنی سلمیٰ کو ستایئے جن کو آپ نے اَدھ موئی کر دیا ہے۔

جمیل۔ کیوں میری سلمیٰ یہ بات؟ تو اب تم نے اپنے جمیل کو پہچانا؟ خوش ہوئیں۔

عذرا۔ خوش تو خیر بعد میں ہوں گی پہلے تو یہ دل چاہتا ہوگا کہ یہ سب کپڑے وغیرہ چھین کر صحرا میں نکال دیں تاکہ بقیہ کسر پوری ہو جائے۔

جمیل۔ خیر سرکار بارگاہ حسن سے جو بھی سزا دی جائے منظور رہے۔ لیکن لطف بھی خوب آیا۔

عذرا۔ خدا سمجھے آپ کے شرارت آمیز لطف سے۔ خدا کے لئے بتلاؤ یہ کیا سوجھی تھی تمھیں ورنہ بہت زور سے کان کھینچونگی

جمیل۔ تم لوگوں کو پریشان کرنے ناامیدی میں امید وحسرت کا لطف دیکھنے کیونکہ بھلا کیوں آپ لوگوں کو خیال ہی ہوگا کہ اُمیر طلب سہیل ہی ہے۔ یہ ذرۂ ناچیز ہو سکتا ہے۔

عذرا۔ اِس خطرناک سازش میں آپ کامیاب کیسے ہوئے؟

جمیل۔ اس طرح کہ میں نے سب سے تاکید کر دی تھی میرا اصلی نام پوشیدہ رکھا جائے۔

سلمٰی۔ (شرگمین آواز سے) بہن عذرا ذرا پانی پلاؤ۔

عذرا۔ لیجئے دلہن صاحبہ پانی۔ کہیں آپ نہ کوئی شرارت کریئے گا۔

سلمٰی۔ (آہستہ سے) انھوں نے ہم کو دھوکا دیا تو اب اپنا راز بھی کھولکر ان کو حیران کرو۔

جمیل۔ بھئی کہیں کوئی سازش ہمارے خلاف تو نہیں ہو رہی؟

عذرا۔ جی نہیں۔ بھلا آپ کے سامنے کون دم مار سکتا ہے۔

جمیل۔ اس بار تو آپ لوگ برابر ہم لوگوں کے ساتھ رہیں اور خوب سپاہیوں کی خدمت کی۔

عذرا۔ جی ہاں۔ ہاں جمیل بھائی آپ کے بھی تو گہرے زخم آئے تھے سنا کہ آپ دشمنوں میں گھر بھی گئے تھے۔

جمیل۔ ہاں میں اور تین چار آدمی جوش میں لڑتے ہوئے رستم کے خیمہ تک پہنچ گئے۔ وہاں گھر گیا۔ وہ لوگ تو لڑتے لڑتے ختم ہو گئے صرف میں بچ رہا وہ اس طرح کہ میں بھی زخموں سے چور ہو کر گرا ہی چاہتا تھا کہ یکایک کوئی نوجوان

برق کی سی تیزی سے آیا اور مجھے اِس حلقہ سے نکال کر اسلامی
کیمپ میں پہنچا کر غائب ہو گیا اور ایسا ہی واقعہ سلمیٰ کے والد
کے ساتھ پیش آیا۔ اسی غیبی پراسرار شخص نے ان کو بھی بچایا
جب کہ وہ بیہوش ہو کر گر پڑے تھے۔ خدا جانے وہ پراسرار
ہستی کون تھی جس کا پھر کچھ پتہ نہ چلا۔

عذرا۔ کیا اس کو آپ پہچانتے تھے؟ نہ اس نے نام بتلایا؟

جمیل۔ میں نے اس کو پہلے کبھی دیکھا ہی نہ تھا۔ نام پوچھنے کا بھلا
کس کو ہوش۔ لیکن مجھے خوشی ہے کہ میری تلوار میرے
محسن ہی کے پاس ہے کیونکہ ان کی ٹوٹ گئی تھی۔

(عذرا ایک کنیز کو بلا کر کچھ کہتی ہے وہ ایک تلوار لاتی ہے۔)

جمیل۔ (تعجب سے) اُہو یہ تو وہی میری تلوار ہے جو اس پُراسرار
ہستی کے پاس رہ گئی تھی۔ آپ کو کہاں ملی؟ کیا آپ ان کو
جانتی ہیں؟

عذرا۔ جی میں خوب واقف ہوں (سلمہ کا بازو پکڑ کر) یہ ہیں وہ
پراسرار ہستی جنھوں نے آپ کی مدد کی۔

جمیل۔ ارے کیا یہ سچ ہے۔ آپ نے میری جان بچائی؟ واللہ کمال
کر دیا۔ ایسی شجاعت اور دلیری بھی اِس حسن و نزاکت کے
ساتھ ہو سکتی ہے۔ واقعی آپ خوبیوں کا گلدستہ ہیں میں
اپنی خوش قسمتی پر جس قدر ناز کروں کم ہے اسی کے ساتھ
آپ میری محسنہ بھی۔ لیجئے یہ تلوار آپ ہی کے پاس رہے گی
آپ ہی اس کی سچی مستحق ہیں۔ ہاں تو آپ لوگ اس دوسرے

نوجوان سے بھی واقف ہوں گی جس نے عم محترم کو بچایا؟

سلمہ۔ جی وہ یہ ہی عذرا تھیں۔

جمیل۔ میرے معبود! میری سمجھ میں نہیں آتا کہ آپ لوگوں نے جنگ کے ایسے ہنر کیسے سیکھے۔ اچھا وہ کون تھا جو پہلے سے مجاہدین کو بچا رہا تھا؟

عذرا۔ وہ بھی سلمیٰ تھیں۔

جمیل۔ اف! آپ لوگ تو غضب کی ہیں۔ عجب واقعہ ہے۔ کیا آپ لوگ پہلے سے ہی جنگ میں شریک تھیں؟

عذرا۔ جی نہیں۔ ہم لوگ مردانہ بھیس بدلے الگ کھڑے دیکھ رہے تھے۔ آپ لوگوں کو جنگ کرتے دور جاتے دیکھا تھا ہم لوگ بھی اسی طرف گئے۔ اور شکر خدا کہ وقت پر پہنچے اور آپ لوگوں کو بچا سکے۔

جمیل۔ اُف آپ لوگوں کی یہ ہمت اور شجاعت تو زریں حرفوں سے لکھے جانے کے قابل ہے۔

سلمیٰ۔ جس طرح آپ کی شرارت اور فریب!!

تعارف : بیگم دردِ وارثی

بیگم دردِ وارثی پر ہی کیا منحصر ہے اکثر مردوں نے بھی ایسے افسانے قلمبند کئے ہیں جس میں جنسِ قوی کو حد درجہ بے درد، ظالم اور وحشی انسان دکھاتے ہوئے صنفِ نازک کو ضبط و تحمل کا پیکر اور مہر و وفا کی پتلی بنا کر پیش کیا ہے. عورت کے کسی قصور کے باوجود مرد دیرینہ الفت کو ٹھکرا کر بیوی کی طرف سے نگاہیں پھیر لیتا ہے اور عورت سخت اذیت برداشت کرتے رہنے کے بعد بھی محبت کا دم بھرتی رہتی ہے۔ یہ رنگ تضادِ غیر فطری ہونے کے ساتھ ساتھ افسانے میں ایک ایسا ہیولا پیدا کر دیتا ہے جس سے تحریر کی دوسری لطافتوں پر بھی پانی پھر جاتا ہے۔ دکھیا رشیدہ کا جو کردار پیش کیا گیا ہے، وہ شاید تلاش و تجسس کے بعد بھی حقیقت کی دنیا میں نہ مل سکے اور خصوصاً آج کل جبکہ عورت کی باطنی آنکھیں کھل چکی ہیں اور وہ اپنے حقوق کو منوانے کے لئے کوئی دقیقہ باقی نہیں چھوڑتی۔

محترمہ بیگم دردِ وارثی کے حالات حسب ذیل ہیں:-

"میں سرزمین رائے بریلی کی رہنے والی ہوں میری پیدائش سنہ ۱۹۲۲ء میں ہوئی ہے. میں مولانا عبدالرحمٰن دردِ وارثی کی رفیقہ، حیات ہوں. میرا قیام لکھنو کی دلکش زمین پر "کاشانہ، دردِ وارثی"

نیا گاؤں میں ہے۔

مجھے ادبی دنیا سے بہت دلچسپی ہے۔ مختلف رسالوں میں افسانے اور مضامین شائع ہوا کرتے ہیں مگر خرابی صحت سے زیادہ دلچسپی نہیں لے سکتی۔

میں خوشگوار ازدواجی زندگی کی مالک ہوں۔ خدا کے فضل وکرم سے بہت مطمئن ہوں صرف بیماری سے بہت پریشان ہوں۔ پھر بھی معبودِ حقیقی کا شکریہ ہے۔

بیگم دَردوارثی

دُکھیا

رشیدہ کا خط اپنی ایک سہیلی کے نام

اب تشنۂ وفا ہے میرا ہر بیانِ غم
منت کشِ جفا ہے میری داستانِ غم

پیاری زہرہ۔ کیا کہوں کیا حال ہے۔ اچھی ہوں اِس لئے کہ اب دنیا کی مصیبتوں اور تکالیف سے جلد چھٹکارا ہوگا اور قبر میں میٹھی اور آرام کی نیند سو جاؤں گی ؎

موت ہی علاج دردِ فرقت ہو تو ہو
غسلِ میت ہی ہمارا غسلِ صحت ہو تو ہو

مجھے یقین ہے کہ یہ میرا آخری اور بالکل آخری خط ہے جب تم کو میرا خط ملتا ہے تو تم اسے پڑھتی ہو اور روتی جاتی ہو۔ اب میں نہ تم کو کچھ لکھوں گی اور نہ تم روؤ گی۔ ممکن ہے تم میرے اِس وداعی خط کو احتیاط سے رکھو۔ اِسلئے

میں اپنی درد وغم سے پر کہانی کو اِس خط میں تفصیل سے لکھنے کی کوشش کرونگی اس طرح سے کچھ تو دل کی بھڑاس نکل ہی جائے گی۔ میری حالت اس قدر ابتر ہے اور خیالات کچھ ایسے منتشر ہیں کہ کیا بیان کروں! بیماری کی اذیت سے زیادہ دل کی بربادی تکلیف دہ ہے، اس لئے ممکن ہے کہ میری یہ تمنا پوری نہ ہو۔ ع

لکھوں میں کیوں کر حال دل لکھا نہیں جاتا

اچھی زہرہ! تمہیں یاد ہوگا، جب میری منگنی ہوئی تھی تم کس طرح مجھے ستایا کرتی تھیں۔ کبھی گدگدایا کرتی تھیں، کبھی یہ کہتی تھیں کہ شوہر کی محبت میں ہمارا خیال بھی تمہارے دل میں باقی نہ رہے گا۔ اس وقت ہم سے دو لمحہ ملنا بھی تم کو دوبھر ہوگا۔ شوہر کی خوشگوار ہم نشینی کے بعد ہماری باتیں بھی تمہیں ناگوار خاطر ہوں گی۔

ہاں زہرہ! جو کچھ تم نے کہا تھا درست کہا تھا، لیکن میری قسمت میں ہی نہ تھا کہ یہ پر لطف اور خوشگوار ہم نشینی میرے لئے دوامی ہو۔ اب تمہاری ہم نشینی اور تمہارے محبت بھرے خط کے لئے ترستی ہوں ۔

رنگِ صحبت ہے نہ رنگینیٔ محفل باقی
مختصر یہ ہے نہ وہ ہم ہیں نہ وہ دل باقی

تم کو یہ بھی یاد ہوگا کہ مجھے چھیڑنے کے لئے ان کے کارٹون بناتی تھیں اور مضحکہ انگیز طور پر نقالی کر کے مجھے پریشان کیا کرتی تھیں۔ پھر مناتیں اور گدگدا کر ہنساتی تھیں۔ اب میں اپنی تباہیٔ دل کی داستان لکھتی ہوں ۔

دل اپنا سنبھالو کلیجہ کو تھامو
میں آہوں کا اپنے اثر دیکھتی ہوں

شادی ہونے کے بعد ایک یا دو ماہ تمہارے دولہا بھائی مجھ سے نہایت ہی محبت اور مہربانی سے پیش آئے اور میرا دل مٹھی میں لے لیا. میں باغ باغ ہوگئی اور خیال کرنے لگی کہ دنیا میں مجھ سے زیادہ کوئی خوش نصیب نہ ہوگی میں اپنے "مجازی خدا" کی پرستش کرنے لگی۔ ان کی خوشی میری خوشی، ان کا رنج میرا رنج ہوگیا۔ لیکن اس کے بعد کیسے لکھوں۔ ؎

آغازِ محبت ہی میں کرتے ہیں جفا وہ
اب دیکھئے کیا ہوتا ہے انجام ہمارا

آہ۔ زہرا!......... یہ مہینہ دو مہینہ کا خوشگوار اور دلفریب عرصہ چشم زدن میں گزر گیا اور اس کے بعد خوفناک حقیقت آشکار ہوگئی یعنی.

ع خواب تھا جو کچھ کہ دیکھا جو سنا افسانہ تھا

بتدریج ان کی محبت میں تغیر پیدا ہوگیا۔ ان کو مجھ سے وہ اُنس نہ رہا اور نہ وہ محبت رہی۔ ایک شعلہ تھا جو بھڑکا اور خاموش ہوگیا۔ ایک گلچین تھا جس نے بڑے ذوق و شوق سے گلشن میں موسم بہار کا خوشبودار اور خوبصورت پھول توڑا اور پنکھڑیوں میں مسل ڈالا۔ میرے دل کو مٹھی میں لیا لیکن میں ایک بچہ کی طرح جو ہیرے اور جواہرات کی قدر و قیمت نہ جانتا ہو، ہاں اسی طرح میرے دل کو سنگ جفا سے چور چور کر دیا۔ لیکن اس پر بھی میرے دل میں ان کی محبت اسی طرح تھی (اور ہے) جس طرح شروع میں میرے دل میں پیدا ہوئی تھی۔ ظلم و ستم کا تختۂ مشق بننے کے باوجود بھی میرا معصوم دل ان کا والہ و شیدا تھا، ان کی جھڑکی، خفگی، غصہ سب کچھ بھلا معلوم ہوتا تھا۔

مجھے یہ بھی معلوم ہوا کہ وہ گلچین کی طرح ہر روز تازہ بہ تازہ پھول کے

متلاشی رہتے ہیں اور وہ کسی اور کی زلفِ گرہ گیر کے اسیر بھی ہیں لیکن جس نے ان کے دل کو پلٹا دیا وہ ایک بازاری حسینہ تھی جس کو طوائف کہتے ہیں، لیکن اس پر بھی میں راضی تھی کہ ان دونوں کی لونڈی بن کر ان کی خدمت میں اپنی عمر گذار دوں۔ اگر واقعی ایسا ہوتا تو حقیقت میں یہ سمجھتی کہ دنیا میں مجھ سے زیادہ کوئی خوش نصیب نہیں۔

ہاں یہ تو کہنا بھول گئی کہ میرا جتنا زیور تھا وہ سب کا سب انھوں نے اس عورت کے نذر کر دیا۔ ایک دن انھوں نے مجھ سے زیور کا مطالبہ کیا تھا جس پر میں نے حقیقت کا اظہار کیا کہ اب میرے پاس کوئی زیور باقی نہیں رہا۔ تب انھوں نے زیور کی پٹاری اور سنگاردان کی تلاشی لی! اور جب میرے قمیص کے طلائی بٹن پر نظر پڑی تو سخت زدو کوب کر کے مجھے گھر سے باہر نکال دیا۔

میں نے بہت عاجزی کی منت کی کہ مجھے ایک کونے میں پڑا رہنے دیا جائے لیکن انھوں نے ایک نہ مانا اس وقت بصد یاس و حسرت یہ کہتی ہوئی نکلی ؎

کل تیری بزم میں آئی تھی دل وجاں لیکر
آج جاتی ہوں مگر حسرت و ارماں لیکر

خدا بھلا کرے ماما وحیدن کا، اس نے مجھے تانگہ میں سوار کرا کے میرے میکے پہونچا دیا۔ جہاں میں والدین کے لئے ایک بوجھ تھی۔ مجھے والدین کے گھر پہونچے بمشکل چار ماہ بھی نہ ہوئے تھے کہ بخار اور کھانسی شروع ہو گئی جس میں دن بدن اضافہ ہونا شروع ہو گیا۔ ڈاکٹروں کا علاج تو شروع کر دیا گیا۔ لیکن کسی نے دل کے علاج کی طرف توجہ نہ دی کچھ عرصہ بعد ان کو اِس

بیماری کی خبر بھی دی گئی۔ لیکن ہائے محرومی قسمت انھوں نے کبھی پلٹ کر بھی نہ دیکھا۔ میں نے بھی کئی خطوط لکھے لیکن ایک کا بھی جواب نہ دیا محلہ کی لڑکیاں مجھے طعنوں کے زہریلے خنجر سے زخمی کرتی ہیں۔ انھیں میرے درد کا کچھ افسوس ہے نہ خیال۔ ہائے میں اپنے کن کن صدموں کو لکھوں ؎

لب پہ رَہ جاتی ہے آآ کے شکایت اُن کی
کہنے دیتی نہیں کچھ منہ سے محبت اُن کی

گزشتہ ماہ کا قصہ ہے جو مجھے اسی ہفتہ میں معلوم ہوا کہ میرے والدین نے میری جانب سے بغیر علم و اطلاع خلع کی خواہش کی۔ میرا زیور (جس کو پہلے ہی ختم کر دیا تھا اور جس کی اِطلاع والدین کو نہ تھی) اور جہیز، مہر کے معاف کرنے کے وعدہ پر انھوں نے طلاق دینا منظور نہ کیا۔ شکر خدا کا ہے کہ انھوں اس کو منظور نہ کیا۔ لیکن جب مجھے اس کی اِطلاع ہوئی۔ میں نے رو رو کر اماں جان سے اِلتجا کی کہ خدا را وہ خلع کے لئے کوشش نہ کریں کیونکہ میں کسی حال میں بھی اب ان سے علیحدگی کو پسند نہیں کرتی ...... ہائے! ...... اس وقت میں کہیں کی نہ رہوں گی۔

طاہرہ جس کو تم جانتی ہو بڑی ہوشیار ذکی اور لکھی پڑھی تمام مسائل دینی سے بخوبی واقف ہے وہ میری یہ اِلتجائیں اور آہ و بکا سُن کر آئی اور مجھے ڈانٹ کر کہنے لگی۔

جو شوہر ایسا ظالم ہو کہ تمہارے اتنے بیمار ہونے پر کبھی دیکھنے تک کو نہ آئے، جو بلا قصور تم کو مار پیٹ کر گھر سے ذلیل کر کے نکال دے اور تم پر طرح طرح کے مظالم ڈھائے اور "خلع" کے مطالبہ پر باوجود

شریعت کے صاف و صریح احکام کے طلاق نہ دے۔ ایسے شقی القلب کو جیسی بھی سزا دی جائے مناسب ہے۔ لیکن تم ہو کہ اس ظالم کی وفا کا دم بھرتی ہو۔ اور کہتی ہو کہ خلع نہ ہو۔ تم جو کہ اپنی عمر کی صرف ۱۷ بہاریں ہی دیکھنے پائی ہو، اس سن و سال میں شوہر کے ہونے کے باوجود بیوہ سے بھی بدتر حالت میں زندگی بسر کر رہی ہو۔ جب خدا اور اس کے رسول (صلعم) کا حکم ہے کہ شوہر جب تم پر ظلم و ستم ڈھائے اور اذیت دے جس کی وجہ سے تم ان کے نکاح میں نہ رہنا چاہتی ہو تو مہر واپس کر کے یا کسی روپیہ وغیرہ کے معاوضہ میں شوہر سے آزادی حاصل کر لو۔"

طاہرہ کی اس تقریر سے میں لاجواب ہو گئی لیکن دل کے ہاتھوں مجبور تھی اس لئے میں نے کہا۔

"تم نے جو کچھ کہا بالکل سچ ہے لیکن میں مجبور ہوں۔ میرا دل نہیں مانتا کہ جب ایک کی ہو چکی تو پھر دوسرے کی بنوں۔ اس میں شک نہیں کہ میری عمر اس قابل ہے کہ "خلع" حاصل کر کے دوسرا نکاح کر لوں، لیکن میں یہ نہیں چاہتی۔ ان کی یاد ہی میرے لئے تسکین قلب ہے۔ اچھی طاہرہ! خدا کے لئے میرے شوہر کو برا بھلا نہ کہو۔ وہ کیسے ہی ہوں میرے شوہر ہیں۔"

اس کے بعد دن بدن میری طبیعت اور بگڑتی گئی۔ اب یہ حالت ہے کہ چراغ سحری ہوں کوئی دم میں بجھا چاہتی ہوں۔ موت کا وقت ٹل نہیں سکتا۔ لیکن دنیا تو یہی کہے گی کہ شوہر کے مظالم کا شکار ہو گئی لیکن یہ بھی سچ ہے کہ ان کے تغافل اور سرد مہری نے میری یہ حالت بنائی۔ ہائے۔ ع۔ وہ چمن ہی لٹ گیا جس میں بہار آنے کو تھی

کاش!....... وہ اپنے دل میں میرے لئے ذرا بھی درد محسوس کرتے۔ خدا سے اب یہ دعا ہے کہ وہ ہمیشہ خوش رہیں بامراد رہیں۔ اور مرتے وقت ان کا آخری دیدار نصیب ہو۔ اور ان کے قدموں پر میں اپنی جان دیدوں۔ ع

آرزو یہ ہے کہ نکلے دم ان کے سامنے

نہ معلوم میری طرح کتنی" ہستیاں ایسی ہیں جو شوہروں کے مظالم برداشت کر رہی ہیں۔ خدا ان کو صبر عطا کرے۔ مجھ جیسی بدنصیبوں کی یہ حالت ہے۔ ؎

ہم آہ بھی کرتے ہیں تو ہو جاتے ہیں رسوا
وہ قتل بھی کرتے ہیں تو چرچا نہیں ہوتا

جب شریعت نے اس کی اجازت دی ہے کہ بیوی سے اذیت پہنچے تو طلاق دیدو۔ یا اگر تمہاری بیویاں مہر کے معاوضہ میں خلع کی خواستگار ہوں تو تعلق قطع کرلو۔ پھر نہ معلوم کیوں خدا کے ان احکام کی پابندی نہیں کی جاتی۔ حالانکہ مرد اپنے لئے ناجائز کو بھی جائز تصور کر لیتے ہیں۔

کثرت ازدواج ہی کو دیکھو شرعاً مرد چار عقد کر سکتا ہے لیکن اس کے لئے جو سخت شرط لگائی گئی ہے اس کی پابندی کا بالکل خیال نہیں رکھا جاتا زہرہ دعا کرو کوئی میری طرح مبتلائے غم نہ ہو۔ خدا کرے جن کی جوانیاں بہار کے موسم میں ہوں۔ جوانی کی بہار اٹھائے بغیر ہی خزاں رسیدہ نہ بن جائیں۔ کلی کی طرح شگفتہ ہوئے بغیر ان کے ارمانوں اور تمناؤں کا خون نہ ہو جائے۔ آہ! ان ظالم مردوں کی حالت یہ ہے کہ ہمیں ستاتے ہیں، تڑپاتے ہیں اور جب روتے ہیں اور آہ و بکا کرتے ہیں تو کہتے ہیں۔ دنیا کو اپنی مظلومیت بتلانے

کے لئے تمہیں خوب ڈھنگ آتے ہیں۔ ہائے! اس کا کیا جواب دیا جائے؟

ے دل ہی تو ہے نہ سنگ و خشت درد سے بھر نہ آئے کیوں
روئیں گے ہم ہزار بار کوئی ہمیں ستائے کیوں

میرا یہ بے ربط خط جس میں سوائے رنج و تکلیف کے شگفتگی ہے اور نہ شوخی، ممکن ہے تمہیں ناگوارِ خاطر ہو۔ خیر کبھی میری یاد آجائے تو یاد کر لینا۔

اچھی زہرہ! خدا حافظ! اللہ نے چاہا تو روزِ حشر ملاقات ہو گی۔ فقط

دکھیا رشیدہ

خواتین کے رومانی افسانوں کا ایک اور انتخاب

آج کل کے رومان (حصہ: ۳)

مرتبہ : فضل حق قریشی

بین الاقوامی ایڈیشن جلد منظر عام پر آرہا ہے

www.ingramcontent.com/pod-product-compliance
Lightning Source LLC
LaVergne TN
LVHW051010051026
849532LV00005B/1896
* 9 7 8 9 3 5 8 7 2 3 1 6 8 *

غیرت بے غیرت

(ناولٹ)

آمنہ احمد

Ghairat Beghairat (Novelette)
by: Amina Ahmad
Edition: April '2024
Publisher :
Taemeer Publications LLC (Michigan, USA / Hyderabad, India)

ISBN 978-93-5872-316-8

کتاب	:	**غیرت بے غیرت** (ناولٹ)
مصنف	:	**آمنہ احمد**
پروف ریڈنگ / تدوین	:	اعجاز عبید
صنف	:	فکشن
ناشر	:	تعمیر پبلی کیشنز (حیدرآباد، انڈیا)
سالِ اشاعت	:	۲۰۲۴ء
صفحات	:	۳۲
سرورق ڈیزائن	:	تعمیر ویب ڈیزائن

ہمیشہ کی طرح اس نے وہ خبر پڑھ کر سوچا تھا "مرد غیرت کے نام پر قتل کرتا ہے، عورت کیوں نہیں!"

"کیا عورت میں غیرت نہیں ہوتی؟ کیا عورت کی شرم و حیا اسے باغیرت ہونے سے روک دیتی ہے؟" اخبار ایک طرف رکھ کر اس نے سامنے رکھی کتاب پر توجہ مرکوز کرنے کی کوشش کی مگر ناکام رہی۔ اس کے ساتھ ہر بار ایسا ہی ہوتا تھا۔۔۔ جب بھی غیرت کے نام پر کسی لڑکی کے قتل، ونی، یا پنچایت کے فیصلے پر آبروریزی کی خبر پڑھتی تھی تو اس کے اندر تک بے چینی اتر جاتی تھی اور پھر کئی بے خواب راتیں اس کا مقدر بنتی تھیں۔

"جو مرد غیرت کے نام پر یہ سب کرتے ہیں، ان کے گھر کی عورتیں یہ سب کیسے برداشت کرتیں ہیں۔۔۔ چلو ماں بہنوں کا تو خون کا رشتہ ہے، مگر ایک بیوی یہ کیسے برداشت کرتی ہے کہ۔۔۔۔۔۔۔" ایسے باتیں سوچ سوچ کر آج بھی اس کا دماغ شل ہو رہا تھا اور آنسو کہیں اندر ہی اندر گر رہے تھے۔

**

"بس لالا اب تاریخ دے دے۔ پڑھ لیا ثریا نے جتنا پڑھنا تھا!" اسے اپنی ہونے والی ساس جنت بی بی کی آواز اندر تک آرہی تھی۔ دل میں جہاں خوشگوار احساسات جنم لے رہے تھے، وہیں اپنا ہیلتھ وزیٹر کے طور پر کام کرنے کا خواب پورا نہ ہونے کا بھی ملال تھا۔ "مگر ابا اب اور انتظار نہیں کر سکتا، اماں زندہ ہوتی تو اور بات تھی۔۔۔۔" اس نے پھونکنی سے ایک بار پھر سے آگ جلانے کی کوشش کی۔ دھواں آنکھوں میں بھر رہا تھا۔ جانے کا وقت آگیا تھا!

**

"ثریا او ثریا، کہاں رہ گئی ہے، ابھی تک ناشتہ نہیں بنا!" اکرم کی تیز آواز نے اس کے ہاتھوں کی رفتار بھی تیز کر دی تھی۔ جلدی جلدی چھنی میں دہی پر شکر ڈال کر اس نے چنگیر میں رکھے پراٹھے پر رکھی اور دوسرے ہاتھ سے چائے کا مگ اٹھا کر برآمدے کی طرف چل دی۔ اکرم نے اپنی مونچھوں کو وٹ دیتے ہوئے ترچھی نظروں سے اسے دیکھا تھا۔ شروع شروع میں تو اسے اکرم کی یہ بیباکی اچھی لگتی تھی مگر اب سب کے درمیان میں بیٹھ کر اس کا ایسے دیکھنا اسے کبھی کبھی پریشان کر دیتا تھا۔ وہ اس کے سامنے ناشتہ رکھ کر واپس چولہے کے آگے جا بیٹھی۔

"اچھا میں اب چلتا ہوں۔۔۔۔ سردار صاحب انتظار کر رہے ہوں گے۔" اکرم کندھے پر پٹکا ڈال کر باہر کے دروازے کی طرف بڑھ گیا۔ ثریا نے اس کے جانے کے بعد حسب معمول صحن میں جھاڑو دی اور پھر کپڑے دھونے بیٹھ گئی۔

"لالا تجھے ایسے دیکھ لے تو۔۔۔۔۔۔" اس کی دس سالہ نند مسرت اس کی گیلی قمیض جو اس کے جسم سے چپک گئی تھی، کی طرف اشارہ کر کے ایک آنکھ دبا کر ہنسی اور بڑی ادا سے اپنا لال دوپٹہ گلے میں ڈالا۔ ثریا کے ماتھے پر پسینہ آگیا تھا۔

"مسرت۔۔۔۔!" اس نے اونچی آواز میں گھر کنے والے انداز میں تنبیہ کی۔

"نی۔۔۔۔ مسرت کیا۔۔۔؟" اس کی ساس بھری چوڑیوں والے ہاتھ میں مسواک پکڑے، اپنے کمرے کے دروازے میں کمر پر ہاتھ رکھے کھڑی تھی۔

"کچھ نہیں میں تو۔۔۔۔۔" اس کی آواز لڑکھڑا گئی تھی۔ اتنے دنوں میں اسے یہ تو بخوبی اندازہ ہو گیا تھا کہ سسرالی رشتے سسرالی ہی ہوتے ہیں۔ وہ خاموشی سے کپڑے پھیلانے لگی۔ اندر کمرے سے کسی پنجابی گانے کی شوخ آواز باہر تک آرہی تھی۔

کھانا پکاتے اور تندور تا کر روٹیاں پکانے تک اسے ظہر کا وقت ہو گیا تھا۔ سب کے کمروں میں الگ الگ کھانا پہنچا کر وہ نماز پڑھنے چل دی۔ نماز سے فارغ ہو کر اسے کپڑوں کا خیال آیا تھا۔ وہ جلدی جلدی سوکھے کپڑے اتارنے لگی اور ساتھ میں تہیں بھی لگا کر چارپائی پر رکھتی جا رہی تھی۔

"یہ سوٹ کا کاسنی دوپٹہ کہاں گیا۔۔۔!اس نے ادھر ادھر نگاہ ڈالی۔ دوپٹے کا ایک کونا پچھواڑے جاتی گلی کی نکڑ پر نظر آرہا تھا۔ وہ اٹھانے کے لئے اس طرف آ گئی۔ مکان کی یہ طرف سائے میں تھی اور باہر لگی بیری بھی اسے نیم تاریکی میں رکھتی تھی۔ اسے گلی میں ایک سایہ سا نظر آیا۔ وہ ٹھٹھک گئی!

کمرے کی گلی میں کھلنے والی بند کھڑکی سے اس کے جیٹھ کی سرگوشیوں کی آواز آرہی تھی اور ساتھ میں جیٹھانی کی دبی دبی ہنسی اور چوڑیوں کی کھنک کی بھی۔ گلی میں دبکا وہ سایہ کھڑکی سے ایک آنکھ لگائے بیٹھا تھا۔ اس کا تنفس تیز تھا اور اسے اپنے لال دوپٹے کا کوئی ہوش نہ تھا۔ ثریا نے آہستگی سے اپنا دوپٹہ اٹھایا اور دبے پاؤں پلٹ گئی۔۔۔۔

"یا اللہ رحم۔۔۔۔" اس نے دل پر ہاتھ رکھ کر کہا اور خاموشی سے اپنے کمرے کی طرف بڑھ گئی۔ کمرے میں آکر اس نے کھڑکی کے لکڑی کے پٹوں کے درمیان درزوں کو غور سے دیکھا۔ اس کے کمرے کی ایک کھڑکی باہر برآمدے میں اور دوسری پچھواڑے میں کھلتی تھی۔۔۔۔ وہ چند لمحے کچھ سوچتی رہی، پھر اپنی جہیز کی پیٹی جو کمرے کے ایک کونے میں پڑی تھی، اس کو کھول کر کچھ ڈھونڈنے لگی۔

اکرم شام میں دیر سے آتا تھا۔ اس کے پاس کافی وقت تھا۔ وہ مطمئن ہو کر سلائی مشین پر جھک گئی۔

"ارے یہ کیا۔۔۔۔" رات میں جب اکرم کھانا کھا کر پلنگ پر لیٹا تو اس کی نظر کھڑکیوں پر پڑی۔

"بس چادروں کا کپڑا فالتو پڑا تھا اور میرے پاس دوپہر میں وقت بھی تھا۔ سوچا پردے ہی سی کر لگا دوں۔" ثریا نے مسکرانے کی بھرپور کوشش کی۔

"فیشن تو تیرے سارے شہر نوں والے ہیں۔۔۔۔" اکرم نے اسے بے ڈھنگے پن سے اپنی طرف کھینچا تھا۔ ثریا کو لگا تھا جیسے پچھواڑے میں کسی نے غصے میں زور

سے دیوار پر ٹھوکر ماری ہو، مگر اب وہ مطمئن تھی!

٭٭

سلیم سڑک کے کنارے لگے درخت کے ساتھ ٹیک لگائے بار بار سڑک پر سے گزرتی ٹریفک کو دیکھ رہا تھا۔ کبھی کبھی وہ ہاتھ میں پکڑی کتاب پر بھی نظر ڈال لیتا تھا۔

اس کا یہ روز کا معمول تھا۔ شروع میں جب اس نے گاؤں سے شہر کالج میں پڑھنے کے لئے آنا شروع کیا تھا تو اس نے پہلی بار اسے دیکھا تھا۔ وہ ہمیشہ سفید رنگ کی بڑی سی چادر میں لپٹی ہوئی ہوتی تھی۔ اس کا صاف رنگ پیلاہٹ لئے ہوئے تھا جو اس کی کم مائیگی کا احساس دلاتا رہتا تھا۔ بس ایک اس کی آنکھیں تھیں جو کچھ خاص ہونے کا احساس دلاتی تھیں مگر انکو دیکھنے کے لئے بھی ہفتوں انتظار کرنا پڑتا تھا کیونکہ وہ نظر اٹھا کر کسی کو دیکھنے کی روادار نہیں تھی۔

اس نے جب پہلی بار اسے اسی ویگن سے اترتے دیکھا، جس سے وہ شہر آتا تھا تو کچھ حیران ہوا تھا۔ پھر بچپن کی ایک یاد نے اسے احساس دلایا تھا کہ یہ تو ماسٹر صلاح الدین کی چھوٹی بیٹی ہے اور وہ دونوں کچی پکی میں ایک ہی جماعت میں تھے۔ پھر ماسٹر صاحب ٹرانسفر ہو جانے کے سبب کسی دوسرے گاؤں چلے گئے تھے۔ سال پہلے ان کے انتقال کا سنا تھا۔ "شاید اسی وجہ سے وہ اپنی ماں اور بھائیوں کے ساتھ گاؤں واپس آگئی ہے۔"

"ارے یہ تو یونیورسٹی جا رہی ہے۔۔۔!" اس نے جب ویگن سے اترنے کے بعد اسے نیلی بس میں چڑھتے دیکھا تو رنج اور مایوسی نے اس پر غلبہ پا لیا۔

"میں نے ایف ایس سی میں دو سال کیوں ضائع کیے۔۔۔!" اسے خود پر غصہ آ گیا تھا۔

"اب یہ میرے سے آگے نکل گئی ہے !" بچپن کا مسابقت کا شوق ایک دم سامنے آ کھڑا ہوا تھا، مگر یہ سوچیں چند دن ہی اس کے ساتھ رہ سکیں۔ اب اسے دیکھ کر اس کے دل میں صرف اضطراب جنم لیتا تھا۔ "کچھ تو ہے اس چہرے میں۔۔۔ کسی ہونی انہونی کا پتا۔۔۔ کسی ناکردہ گناہ کا سزاوار چہرہ۔۔۔" وہ آج کل ایک اخبار کے دفتر میں جز وقتی نوکری کر رہا تھا اور بڑے بڑے الفاظ بولنے کی کوشش کرتا رہتا تھا۔

پھر اس کا روز کا معمول بن گیا کہ وہ ویگن سے اترنے کے بعد اس کے پیچھے پیچھے چند قدم چلتا اور جب تک وہ یونیورسٹی کی بس پر چڑھ نا جاتی وہ اپنے کالج کی راہ نہ لیتا۔ واپسی پر ویگن پکڑنے کے لئے بھی وہ اس کا انتظار کرتا۔ اس کے روزمرہ کے معمولات سمجھنے کے لئے اسے دو ہفتے لگے تھے۔ ایک سال یہ سلسلہ چلتا رہا تھا۔ پھر بی بی کے کہنے پر بابا نے اسے شہر میں ہی رہائش رکھنے کو کہا تھا۔ تب سے وہ اخبار کے دفتر میں ہی رہنے لگ گیا تھا۔ چھوٹے سے اس اخبار کا وہ بوقت ضرورت چپڑاسی، چوکیدار، اور کبھی کبھی پروف ریڈر وغیرہ، سب تھا۔ اور اب تو ویسے بھی گاؤں جانا کم ہوتا تھا کیونکہ بابا زمین بیچنے کے چکر میں تھا۔

"پنڈ کا ماحول شریفوں کے رہنے کے لئے مناسب نہیں رہا۔۔۔" بابا حقہ گڑگڑاتے ہوئے اکثر کہتا تھا۔ "سردار جاوید کا سیاست میں آنا، یوں سمجھو اس پنڈ کی شرافت کا جنازہ نکلنا ہے۔ اب اس پنڈ میں ماں، بہنوں، بیٹیوں کی عزت کیسے محفوظ رہے، اب یہاں کا والی لٹیرا ہے، رکھوالا نہیں۔۔۔"

"اللہ بخشے سردار اللہ بخش کو جو اپنے پیچھے یہ سپولیا چھوڑ گیا ہے۔۔۔ مگر میں تو کچھ کہنے کے قابل بھی نہیں۔۔۔ میرا تو اپنا جوائی اس کا دایاں ہاتھ بنا ہوا ہے ۔۔۔ ثریا کے مقدر۔۔۔" وہ اکثر اکیلے میں بیٹھا ٹھنڈی آہیں بھرتا رہتا۔ "شکر ہے ثریا کو باہر کی اتنی خبر نہیں ورنہ وہ تو جیتے جی مر جائے۔۔۔" اور سلیم باپ کی اس سادگی پر بس خاموش ہو جاتا تھا۔ اس نے ان برسوں میں بہن کے بدلتے انداز دیکھے تھے۔ اس کی ہنس مکھ، دوسروں کے غم میں ہر وقت شریک رہنے والی بہن کی جگہ ایک آدم زار اور خود سے بیزار عورت نے لے لی تھی۔۔۔

اس کی سوچیں ریت کی طرح اس کی مٹھی سے اس وقت پھسل گئیں جب سامنے کھڑی بس میں سے وہ اتری اور ایک غیر محسوس سی نظر اس پر ڈال کر ویگن کے اڈے کی طرف بڑھ گئی۔ وہ اس وقت تک اس سمت میں دیکھتا رہا جب تک وہ ویگن پر سوار نہیں ہو گئی اور ویگن اس کی نظروں سے اوجھل نہیں ہو گئی۔

"رب راکھا۔۔۔!" اس نے زیر لب کہا اور سڑک پار کر کے دوسری طرف آ گیا۔

٭٭

گزرتے وقت نے اس کی جھولی میں دو بیٹیاں ڈال دی تھیں۔ اکرم کو اگر ان کے ہونے کا غم نہیں تھا تو خوشی بھی نہیں تھی۔ ہاں مگر اس کی ساس وقتاً فوقتاً اس بات کا احساس دلاتی رہتی تھی کہ اکرم کا نام اگلی نسل تک چلانے والا کوئی نہیں ہے۔ وقت گزرنے کے ساتھ ساتھ اکرم اس کی اور بچیوں کی طرف سے کافی لاپرواہ ہو گیا تھا۔ جب سے سردار جاوید الیکشن میں جیتا تھا تو اکرم کا زیادہ وقت اس کے ساتھ کبھی لاہور اور کبھی اسلام آباد گزرتا تھا۔ آخر وہ اس کا قابل اعتماد ڈرائیور تھا نا۔۔۔

"میں تو تنگ آ گئی ہوں اس کے رونے سے۔۔۔" ثریا چھوٹی بیٹی اسماء کو روتا چھوڑ کر باہر پڑ چھتی کے نیچے چولہے کے آگے آ بیٹھی۔ اسی وقت دروازے پر دستک ہوئی تھی۔

"اے کون ہے، اندر آ جا۔۔۔ دروازہ کھلا ہے۔۔۔۔" اس نے بیزاری سے سر پر دوپٹہ جماتے ہوئے وہیں سے ہانک لگائی۔

"بی بی میں ہوں۔۔۔" باہر سے اس کے چھوٹے بھائی سلیم کی آواز آئی۔

"ماں صدقے۔۔۔ اندر آنا، وہاں کیوں کھڑا ہے۔۔۔" بھائی کی آواز سن کر ثریا کی ساری تھکاوٹ اور بیزاری اڑن چھو ہو گئی تھی۔ سلیم ہاتھ میں تھیلے اٹھائے اندر آیا تھا۔ ثریا کے اتنے دنوں بعد بھائی کو دیکھ کر وفور جذبات سے آنسو نکل آئے تھے۔ جب سے وہ شہر پڑھنے کے لئے گیا تھا، مہینے دو بعد ہی اس کی شکل دیکھنے کو

ملتی تھی۔

"کتنے دن لگا دیئے ویر، بہن کی یاد نہ آئی۔۔۔۔ آنکھیں ترس گئیں ہیں تجھے دیکھنے کو۔۔۔۔" ثریا کے شکوے شروع ہو گئے تھے اور سلیم سر جھکائے مسکرا کر انہیں سن رہا تھا۔

"بی بی یہ اسماء کیوں رو رہی ہے۔۔۔۔" پھر اس نے بہن کا دھیان ہٹانے کو بھانجی کا نام لیا تھا۔ ویسے بھی بچیوں سے ملے بہت دن ہو گئے تھے۔

"بس کچھ دنوں سے بہت تنگ کر رہی ہے۔۔۔۔ کوئی کام چین سے نہیں کرنے دیتی۔۔۔۔"

"اچھا میں اسے دیکھتا ہوں۔۔۔۔" وہ اندر اسے اٹھانے چل دیا اور ثریا بھائی کی خاطر داری کی فکر میں لگ گئی۔

"بی بی اس کو تو بخار لگتا ہے۔۔۔۔" سلیم اسماء کو بڑے پیار سے سینے سے لگائے باہر آ گیا۔ وہ بھی اب رونا بند کر چکی تھی اور ٹکر ٹکر ماموں کی شکل دیکھ رہی تھی۔

"ہاں پچھلے تین دن سے ہے۔۔۔۔"

"ڈاکٹر کو دکھایا!"

"دکھایا تھا، اکرم نے شہر سے دوائی بھی لا کر دی ہے مگر آرام نہیں آ رہا۔"

"پھر میرے ساتھ شہر چلو، وہاں ڈاکٹر کو دکھا لیتے ہیں۔" اس سے پہلے کہ ثریا کوئی جواب دیتی مسرت لشکارے مارتا گہرا سبز سوٹ پہنے، صحن کی دیوار میں بنی کھڑکی کھول کر ثریا کے حصے میں کود دی۔ یہ دیوار بھی پچھلے سال ہی بنی تھی جب ثریا

کے بڑے جیٹھ اور جیٹھانی نے اپنا حصہ الگ کیا تھا۔ ساتھ میں ثریا کا بھی فائدہ ہو گیا تھا۔

وہ سلیم کو دیکھ کر ٹھٹھک گئی۔۔۔۔ پھر چند قدم آگے بڑھ کر اس کے مقابل کھڑی ہو گئی۔ ثریا کا دل زور سے دھڑکا تھا۔

"تم تو اب سلام بھی نہیں کرتے۔۔۔۔ شہری بابو ہو گئے ہو۔" شاید اس نے آج کل میں شبنم کی کوئی پرانی فلم دیکھ لی تھی۔ ایک دم سے اسے سانس ایسے چڑھ گئی تھی جیسے میلوں کا سفر طے کر کے آئی ہو۔

"بی بی میں اسماء کو باہر کا ایک چکر لگوا دوں اور عائشہ کو بھی دیکھوں۔ اس کی چھٹی کا وقت بھی ہونے والا ہے۔" سلیم اسے کوئی جواب دیئے بنا بہن کو مخاطب کر کے باہر نکل گیا تھا۔

"ہونہہ۔۔۔۔" مسرت تلملاتی ہوئی واپس اپنے حصے کی طرف چلی گئی۔ ثریا کی چھٹی حس کسی خطرے کی نشاندہی کر رہی تھی۔ "یا اللہ رحم کر۔۔۔۔" وہ پریشان سی ہانڈی چڑھانے لگی تھی۔ تھوڑی دیر بعد اس نے مسرت کو کوٹھے پر کسی سے اشارے بازی کرتے دیکھا تھا۔ اس نے تہیہ کر لیا تھا کہ وہ اکرم سے مسرت کے متعلق بات ضرور کرے گی۔

**

"یہ سلیم بھی نا چکر ہی دیتا ہے۔" ثریا نے ہچکولے کھاتے رکشے میں بمشکل

دونوں بچیوں کو سنبھالا اور ساتھ میں گلی میں گزرتے مکانوں کے نمبر پر بھی نظر کی۔

دو دن پہلے اس نے اکرم سے سلیم کے ساتھ شہر آنے کی اجازت مانگی تھی جو اس نے بخوشی دے دی تھی۔ اس سے پہلے وہ مسرت کے متعلق بات کر رہے تھے۔۔۔

"اکرم میرا خیال ہے ہمیں اب مسرت کی شادی کر دینی چاہیئے۔۔۔" اس نے جھجکتے ہوئے کہا تھا۔

"ہاں کر تو دینی چاہیئے مگر کوئی رشتہ بھی تو ہو۔۔۔" اکرم آج خوشگوار موڈ میں تھا۔

"اماں کی نظر میں تو ہو گا کوئی۔۔۔" ثریا نے کریدنے کی خاطر پوچھا تھا مگر اتنے میں اسماء نیند سے اٹھ کر پھر رونے لگ گئی تھی۔

"آج سلیم آیا تھا۔۔۔" ثریا نے اسماء کو کندھے سے لگاتے ہوئے کہا۔

"اچھا پھر۔۔۔"

"کہہ رہا تھا کہ اسماء کو شہر ڈاکٹر کو دیکھا دیتے ہیں۔ پرسوں واپس جا رہا ہے۔۔۔" ثریا نے جھجکتے ہوئے کہا۔ آج کل اس کے موڈ کا کوئی پتا نہیں چلتا تھا۔ پل میں تولا، پل میں ماشہ۔۔۔

"ہاں چلی جانا۔۔۔ ویسے بھی میں سردار جاوید کے ساتھ چند روز کے لئے شہر جا رہا ہوں۔۔۔" اکرم کی آنکھوں میں آج کل سردار جاوید کے نام کے ساتھ ہی ایک خاص چمک آجاتی تھی۔

"ویسے تو تیرا بھائی بھی اب شادی کی عمر کا ہونے والا ہے۔۔۔ کیا خیال ہے!"

اکرم نے کروٹ بدل کر سونے کے لئے آنکھیں موندنے سے پہلے کاری وار کیا تھا!

ثریا جہاں تہاں رہ گئی تھی!

اور آج اسماء کو ڈاکٹر کو دیکھا کر سلیم نے اسے رکشے میں چڑھا دیا تھا کہ وہ اپنی استاد ہیلتھ وزیٹر نگہت کی طرف چلی جائے۔ نگہت کا تعلق ساتھ والے گاؤں سے تھا اور وہ اس کی ماں کی دور پار کی رشتہ دار بھی تھی۔ اکثر شہر آنے پر وہ اس کی طرف رک جاتی تھی۔ آج بھی وہ اس کی طرف جا رہی تھی کہ اچانک اس کی نظر گلی میں کھڑی ایک جیپ پر پڑی تھی۔۔۔ اس کا سانس اوپر کا اوپر اور نیچے کا نیچے رہ گیا تھا۔ اسی وقت جیپ سٹارٹ ہوئی تھی اور رکشے کے پاس سے نکلتی ہوئی چلی گئی تھی۔

"اے بھائی رکشہ واپس موڑو، گھر پیچھے رہ گیا۔۔۔!" اسے کافی آگے جا کر ہوش آیا تھا۔

"اوہ بی بی پہلے بتانا تھا نا۔۔۔" رکشے والا جھنجھلا کر بولا تھا۔ ثریا نے کانپتے ہاتھوں سے اسے پیسے دیئے تھے اور گھنٹی پر انگلی رکھ دی تھی۔

**

"خالہ نگہت یہ گلی میں میرے آنے سے پہلے کون کھڑا تھا آپ کے دروازے پر۔۔۔" ثریا کے سوال پر نگہت نے چونک کر اسے دیکھا تھا۔

"بس کیا بتاؤں۔۔۔ اس کام میں کبھی کبھی وہ کچھ کرنا پڑتا ہے جو کبھی سوچا نہ ہو۔۔۔" وہ چند لمحے خاموش رہنے کے بعد آہستگی سے بولیں۔

"کسی پاس کے علاقے کا زمیندار ہے کوئی۔۔۔ سردار کہلاتا ہے۔ کسی کالج کی لڑکی کو بیوقوف بنا کر اسے چکر دیتا رہا پہلے تو۔۔۔ جب اپنا دل بھر گیا تو اپنے ڈرائیور کے حوالے کر دیا۔۔۔ پچھلے ہفتے اسے لے کر آیا کہ اس کا بچہ ضائع کر دو۔۔۔ میں نے کہا میں ایسا کام نہیں کرتی۔۔۔ اس بار وہ لڑکی اندر میرے پاس آ گئی اور لگی منتیں کرنے۔ اپنی کہانی رو رو کر سنانے لگی کہ کیسے اپنی ایک دوست کی شادی میں سردار جاوید کے چکر میں پھنس گئی۔ جب اس کا دل بھر گیا تو پھر اس نے آگے اپنے ملازمین کے حوالے کر دیا۔۔۔ آج وہ بچہ ضائع کروا کر گئی ہے۔۔۔"
وہ بہت کچھ بولتی رہی تھی مگر ثریا کے کان سائیں سائیں کر رہے تھے۔۔۔

**

"اری نخرہ کس بات کا ہے تیرا۔۔۔ تیری جیسی تو جوتے چاٹتی ہیں میرے۔۔۔" اکرم کا ہاتھ اٹھا تھا تو پھر رکا نہیں تھا اس بار۔ وہ بھی چپ چاپ مار کھاتی رہی تھی مگر منہ سے سی نہیں کی تھی نہ ہی آنکھ سے آنسو بہے تھے۔ آخر تھک کر اکرم ہی گھر سے باہر نکل گیا تھا۔۔۔

"عورت بے غیرت کیوں ہوتی ہے۔۔۔" اس نے ساتھ کے کمرے میں سوئی اپنی بیٹیوں کو ایک نظر دیکھا تھا اور پھر وہیں زمیں پر اپنے ٹوٹے وجود کو لے کر سمٹ کر پڑ گئی تھی۔۔۔ ہر طرف ایک جامد چپ تھی۔

**

"سنا ہے تیرے باپ نے زمین بیچ دی۔۔۔" اس کی ساس حسب عادت کولہے پر ہاتھ ٹکائے لڑنے مرنے کو تیار کھڑی تھی۔

"ہیں کیا۔۔۔" روٹی کھاتے اکرم نے ہاتھ روک کر ایک نظر ماں کو اور پھر بیوی کو دیکھا تھا۔

"کیا یہ سچ ہے؟"

"مجھے کیا پتا، ہمارے ہاں عورتوں کو کب ایسی باتوں کی خبر ہوتی ہے۔" ثریا نے اسماء کے ہاتھ میں روٹی کا ٹکڑا دیتے ہوئے لاتعلقی سے جواب دیا تھا۔

"ارے دیکھ تو اس میسنی کو۔۔۔ اس کی مرضی کے بغیر تو اس کا باپ بھائی سانس نہیں لیتے اور کہتی ہے مجھے کیا پتا!"

"حرام کی۔۔۔ ہمیشہ سے ہی کھوٹی ہے!" اکرم نے اسے گندی سی گالی دے کر ایک جھٹکے سے میز کو الٹ دیا تھا۔

"ہونہہ، ہم اس کے بھائی کو جوائی بنا کر عزت دینا چاہ رہے تھے، مگر ان بے زمینوں، بے جڑوں کو عزت راس ہی نہ آئی۔۔۔" اس کی ساس بکتی جھکتی چلی گئی تھی۔

"شکر الحمد للہ دونوں کو میری بات سمجھ آ گئی اور زمین سے جان چھڑا لی۔۔۔!" ثریا مطمئن سی بچیوں کی طرف متوجہ ہو گئی تھی۔

**

"ہائے ہائے میں لٹی گئی برباد ہو گئی۔۔۔۔ ہائے کس ٹٹ پینے کی موت آئی جو میری دھی کی طرف نظر کی اس نے۔۔۔۔ وے اکرم، وے اسلم۔۔۔۔" ثریا کی آنکھ ساس کی آہ وبکا سے کھلی تھی۔ کئی لمحے تو اسے سمجھ ہی نہ آسکی کہ کیا ہوا ہے۔ جب بات سمجھ آئی تو اس کے پیروں تلے سے زمین نکل گئی۔

"اکرم اٹھ۔۔۔۔ دیکھ اماں کو کیا ہوا ہے۔۔۔۔!" ثریا نے سرسراتی ہوئی آواز میں اکرم کے کان کے پاس منہ لے جا کر کہا۔ کچھ ہی دیر میں سب جنت کے صحن میں کھڑے تھے۔ جنت کے منہ سے مغلظات کا طوفان ابل پڑا تھا۔ ساتھ میں وہ سینہ بھی پیٹ رہی تھی۔

"ہائے ہائے کس اوترے نے ہماری عزت پر ہاتھ ڈالا۔۔۔۔"

"اماں چپ کر پہلے، اور بتا ہوا کیا ہے۔۔۔۔" اسلم ابھی بھی نیند میں تھا۔

"کمبخت تیری دھی کو کوئی اٹھا لے جاتا تو تجھے پتا چلتا نا۔۔۔" وہ اسی پر الٹ پڑی تھی۔

"مگر اماں یہ کیسے ہو سکتا ہے کہ ماں ہو کر تجھے پتا نہ ہو۔۔۔۔" اکرم اب ماں پر ہی الزام دے رہا تھا۔

"شابش اے۔۔۔۔ پترا، بیوی کے کہنے میں آکر اب تو ماں کو ہی الزام دے گا۔۔۔۔"

"مگر وہ گئی کس کے ساتھ ہے؟" آخر صغراں بھابھی کے منہ سے اصل سوال

نکل ہی گیا۔

"وہ گئی نہیں، کوئی اٹھا کر لے گیا ہے اسے۔۔۔۔"

"اس سے کیوں نے پوچھتے، یہ سارا وقت اس کے ساتھ ہوتی تھی۔۔۔۔" ثریا نے اسلم کی چودہ سالہ بیٹی کی طرف اشارہ کیا جو مسرت سے دو ڈھائی سال ہی چھوٹی تھی۔

" واہ مجھے کیا پتا۔۔۔۔ تیرے بھائی کے ساتھ ہی گئی ہو گی چاچی!" شازیہ نے مسرت کا کہا سبق دوہرا دیا تھا۔

"خبردار جو تو نے میرے بھائی کا نام لیا تو ڈائن۔۔۔۔ ساری دوپہر تو تو اور مسرتی کھو کے پیچھے اس فوجی اور اس کے یار کے ساتھ گزارتی تھیں۔۔۔۔ اور اب اپنے عیب چھپانے کی خاطر میرے بھائی کا نام لے رہی ہے۔۔۔۔ تجھے تو میں زندہ نہیں چھوڑوں گی۔" ثریا میں بھائی کا نام سن کر نا جانے کہاں سے اتنی طاقت آ گئی تھی کہ اس نے آؤ دیکھا نہ تاؤ، شازیہ کے منہ پر ایک تھپڑ جڑ دیا۔ شازیہ اس حملے کے لئے تیار نہ تھی اور باقی کسی کو بھی شاید اس بات کا یقین نہیں تھا۔

"ہاں کھو کے پیچھے تو کل بھی میں نے ان دونوں کو دیکھا تھا۔" جنت کی بہن کا پوتا جو اس کے پاس کچھ دن رہنے آیا ہوا تھا، فوراً بول پڑا۔ شاید اسے بھی دکھ تھا کہ بہتی گنگا میں وہ کیوں نہیں ہاتھ دھو سکا۔ دن چڑھنے تک یہ بات واضع ہو چکی تھی کہ مسرت اپنی عمر سے تین گنا بڑے، فوج کے ریٹائرڈ صوبیدار کے ساتھ گھر کا سارا زیور پیسہ لے کر بھاگ چکی ہے۔

٭٭

"وے حرام دیو۔۔۔ کجھ غیرت کرو نہیں تو یہ غیرت کی پھکی ہی کھا لو۔۔۔" جنت نے برامدے کے چھتیر میں سے چوہے مار دوائی کی پڑیا نکال کر اکرم کے منہ پر دے ماری تھی۔ پاس ہی اسلم بھی سر جھکائے بیٹھا تھا۔

"اماں تو۔۔۔" وہ اس حملے کے لئے تیار نہ تھا۔

"اماں کیا!" وہ پھنکاری تھی۔

"اماں تو صبر کر۔۔۔ سردار جاوید کل پنچایت بیٹھا رہا ہے۔ فیصلہ ہمارے ہی حق میں ہو گا۔" اسلم نے ماں کو تسلی دی تھی۔

"وے کیسا فیصلہ اور کونسا فیصلہ۔۔۔ میرے تو کلیجے میں تب ٹھنڈ پڑے گی جب تو ان کی گھر کی کڑیوں کو ننگا کر کے گلیوں میں پھرائے گا۔۔۔ میرے دل کو تو تب چین پڑے گا جب تو۔۔۔" جنت حسب سابق پستی کی انتہا پر پہنچ چکی تھی۔ ثریا نے چپکے سے پڑیا اٹھائی اور بیٹیوں کو لے کر اپنے کمرے میں چلی گئی۔

"بھلا بے غیرت مائیں بھی باغیرت بیٹوں کو جنم دے سکتی ہیں۔۔۔ جنت بی بی تجھے نہیں پتا شاید تیرے ساتھ یہ کیوں ہوا ہے۔" وہ دکھ کی شدت سے اندر ہی اندر کانپ رہی تھی۔

٭٭

آج پنچایت کے فیصلے کا دن تھا۔ ثریا کی بے چینی کم نہیں ہو رہی تھی۔ کبھی وہ اندر جاتی کبھی باہر۔ بیٹیوں کو بھی اس نے اندر کمرے میں بیٹھا چھوڑا تھا۔ ہر آہٹ پر اس کا دل کانپ جاتا۔۔۔

"بی بی۔۔۔" باہر سے درد میں ڈوبی سلیم کی آواز نے اسے لرزا دیا تھا۔ وہ لپک کر دروازے کی طرف گئی اور کنڈی گرا دی۔

"کیا ہوا ویر۔۔۔" وہ اس کے سر سے بہتے خون کو دیکھ کر دنگ رہ گئی۔

"بی بی وہ، بی بی وہ۔۔۔" وہ دروازے کے اندر آ گرا تھا۔

"کیا ہوا سلیم بتانا۔۔۔ کس نے کیا یہ تیرے ساتھ۔۔۔۔!"

"بی بی وہ نورین۔۔۔" سلیم مشکل سے اٹھ کر کھڑا ہوا تھا۔

"بی بی پنچایت نے فیصلہ دیا ہے۔۔۔ کہ صوبیدار فصل داد کی بھتیجی نورین کے ساتھ۔۔۔۔ مسرت کے بھائی بدلے کے طور پر برا سلوک کریں گے۔۔۔ بی بی ماسی کو کہہ وہ لالے کو روک لے۔۔۔ میں نے روکنے کی کوشش کی تو اس نے میرے سر میں ڈانگ مار دی۔۔۔" سلیم کے حلق سے گھٹی گھٹی چیخیں نکل رہی تھیں۔

"وے میں کیوں روکوں۔۔۔ میں تو کہتی ہوں فصل داد کی بھتیجی، بہن، بھرجائی، ایک ایک کا منہ کالا کریں تو میرے دل کو ٹھنڈ پڑے۔۔۔"

"تو پولیس کے پاس کیوں نہیں گیا۔" ثریا نے ساس کی سنی ان سنی کی۔

"بی بی پولیس تو وہاں موجود تھی۔۔۔" سلیم کی آنکھوں میں بے بسی کے

مارے آنسو نکل آئے۔

"نورین کے بھائی۔۔۔۔"

"بی بی کوئی نہیں ہے اس کا۔۔۔۔ بھلا یتیم اور غریب کا بھی کوئی ہوتا ہے ۔۔۔۔!"

"چل میں چلتی ہوں تیرے ساتھ۔۔۔۔۔" ثریا نے بھائی کا بازو پکڑا تھا۔

"اری تو کدھر جاتی ہے۔۔۔۔" جنت، صغراں اور اس کی بہن نے اسے دبوچ کر کمرے میں لے جا کر باہر سے کنڈی چڑھا دی تھی۔ وہ اندر سے بہت دیر دروازہ پیٹتی رہی، سلاخوں والی کھڑکی میں کھڑے ہو کر آوازیں دیتی رہی مگر سننے والا کوئی نہ تھا۔

**

رات کا نجانے کون سا پہر تھا جب کمرے کا دروازہ کھلا۔۔۔۔ دروازے میں اکرم کھڑا تھا۔ ثریا اس کا چہرہ دیکھ کر لرز گئی تھی۔ اس کا چہرہ ایک ایسے وحشی درندے کا لگ رہا تھا جو خون سے اپنی پیاس بجھانے کے بعد سرور کے عالم میں ہو۔ وہ ڈولتے قدموں سے آیا اور بستر پر گر گیا۔

"ادھر۔۔۔۔ آ۔۔۔۔ ثرررر۔۔۔۔ یا۔۔۔۔" اس کے منہ سے الفاظ ٹوٹ ٹوٹ کر نکل رہے تھے۔

"نہیں۔۔۔۔" وہ پھنکاری اور ساتھ والے کمرے میں جا کر کنڈی چڑھا لی۔

اگلے دن شام تک اخبار اور ٹی وی کے واویلے پر پولیس حرکت میں آچکی تھی اور اکرم روپوش ہو چکا تھا۔

**

"ماسی بس اب اسے کچھ دن مکمل آرام کروا۔۔۔ خون کافی ضائع ہوا ہے۔ شکر کرو جان بچ گئی ہے۔" ثریا نسرین کا کیس کر کے فارغ ہوئی تھی اور اب اس کی ماں کو ہدایات دے رہی تھی۔ پاس ہی اس کی ساس بیٹھی برے برے منہ بنا رہی تھی

"چاچی ساوراں بہوئیں بھی بیٹیاں ہی ہوتی ہیں چاہے کسی اور کی سہی۔۔۔" ثریا یہ کہہ کر دروازے کی طرف بڑھ گئی تھی۔

"اکرم جیسے کی بیوی ہو کر اکڑتی کیسے ہے، بے غیرت۔" پیچھے سے اسے چاچی ساوراں کی آواز آئی تھی۔

"کس کو کہا بے غیرت۔۔۔ ہیں؟؟؟ اگر تم جیسیوں کو جن کے جوان کڑیل پنچایت میں بیٹھے تھے، حیا نہیں آتی تو میں کیوں منہ چھپاؤں۔ اس کو روکنے کو تو کوئی آگے نہیں بڑھا۔۔۔ میں اور میری دھئیں تمہیں بے غیرت لگتی ہیں۔۔۔ میں تو ویسے بھی اپنے باپ کی بیٹی ہوں۔۔۔ اکرم جیسے پر تھوکتی بھی نہیں، اب کے آئے گا تو یہ بھی دکھا دوں گی کہ غیرت ہے یا نہیں۔۔۔" اس نے درمیان میں اپنا جملہ چھوڑا تھا اور باہر نکل آئی تھی۔ صحن میں بیٹھی عورتیں منہ میں انگلیاں دبائے بیٹھی رہ

گئی تھیں۔

"نی کہاں سے آ رہی ہے۔۔۔" وہ گھر میں داخل ہوئی تو اس کی ساس کمر پر ہاتھ رکھے لڑنے کو تیار کھڑی تھی۔

"تیرے ہوتے سوتوں کے کیے بھگتا کر آ رہی ہوں۔۔۔ ویسے فصل داد کی کوئی سگی وہاں آئی ہوئی تھی۔ کہہ رہی تھی مسرتی تیسری بار فصل داد کے گھر سے بھاگ کر پھر اسی کے پاس واپس آ گئی ہے۔۔۔ اور ہاں وہ یہ بھی کہہ رہی تھی کہ فصل داد اس بار اسے کسی کوٹھے پر چھوڑنے کا سوچ رہا ہے۔ آخر دام بھی تو کھرے کرنے ہیں۔" ثریا کا اندر اسے دہکائے رکھتا تھا اور وہ اپنے سامنے آنے والے کو جھلسائے۔

"ہائے نی تیرا ککھ نہ رہے۔۔۔"

"میرے پاس ہے ہی کیا سوائے تیرے پتر کی نشانیوں کے جنہیں تو اپنا مانتی نہیں۔۔۔ میرے پاس تو پہلے ہی ککھ وی نہیں مگر میں تم لوگوں کو بھی ککھ بنا دوں گی۔۔۔ اب مسرتی کا قصہ سب کو نا سنایا تو میں بھی اپنے باپ کی نہیں۔۔۔" اس نے ساس کی بات درمیان میں سے کاٹ کر ایک اور کاری وار کیا تھا۔ جنت بکتی جھکتی اپنے حصے کی طرف چلی گئی تھی۔

ثریا نے کمرے میں آ کر چادر ایک طرف پھینکی اور پنکھا پوری رفتار سے چلا دیا۔ نومبر کے مہینے میں بھی وہ تندور کی طرح تپ رہی تھی۔ "بے غیرت، غیرت،۔۔۔ غیرت کی پھکی۔۔۔!" اس کا دماغ اس شور سے ماؤف ہوا جا رہا تھا۔

جب اس کے اعصاب ٹھکانے آئے تو وہ چند لمحے سوچتی رہی اور پھر کونے میں پڑے ٹرنک میں کچھ ڈھونڈنے لگی۔ حسب منشاء چیز مل جانے پر اس کی آنکھوں میں چمک آ گئی تھی۔

**

"بی بی سب کہہ رہے ہیں کہ ہماری طرف کا بند توڑ دیا جائے۔ تو چلنے کی تیاری کر۔۔۔" سلیم اس بار آٹھ ماہ بعد شہر سے آیا تھا۔

"تیاری تو پوری ہے بس ایک کام رہ گیا ہے!" ثریا نے سکون سے جواب دیا۔

"بی بی بس جلدی کر ہمیں دن چڑھنے سے پہلے پہلے نکل جانا ہے۔" سلیم یہ کہہ کر رکا نہیں تھا۔

"مجھے پتا ہے وہ ضرور آئے گا۔۔۔" ثریا نے ٹرنک کھول کر اندر دیکھا اور اپنی تسلی کی۔ پھر کچھ خیال آیا تو اس نے ٹرنک میں ہاتھ ڈال کر اسے نکال کر اس کا جائزہ لیا۔ "کافی ہے۔۔۔" پھر اس نے ٹرنک کو بند کرنے کے بعد بڑی بیٹی کو آواز دی اور اس کے ساتھ مل کر ٹرنک کو اٹھا کر سیڑھیاں چڑھنے لگی۔

چھت پر پہنچ کر اس نے ٹرنک پر پلاسٹک کی شیٹ ڈال دی اور بادلوں سے ڈھکے سیاہ آسمان کو دیکھا۔ ہوا میں خنکی تھی۔

"اماں میں یہاں چھت پر سو جاؤں۔۔۔" سات سالہ عائشہ نے ماں کا ہاتھ ہلا کر کہا۔

"ہاں سو جا۔۔۔ میں تجھے کھیس لا دیتی ہوں۔" جب وہ واپس آئی تو اس کی کندھے سے سوئی ہوئی اسماء لگی تھی۔ اس نے دونوں کو چارپائی پر کھیس بچھا کر لٹا دیا اور خود نیچے آ گئی۔ چند لمحے وہ سیڑھیوں کے پاس کھڑی اندھیرے میں کچھ کھوجنے کی کوشش کرتی رہی۔ گلی میں لگا کمزور سا بلب صحن میں چھائے اندھیرے کو دور کرنے میں بری طرح ناکام ہو رہا تھا۔ دور کہیں کسی گیدڑ کے رونے کی منحوس آواز نے اسے چونکا دیا تھا۔ وہ کچھ سوچ کر داخلی دروازے کے ساتھ ٹیک لگا کر بیٹھ گئی۔ اس کی آنکھوں سے نیند کوسوں دور تھی اور اس کے کان کسی آہٹ پر لگے ہوئے تھے۔ پھر اس کا انتظار ختم ہو گیا۔

قدموں کی چاپ قریب آتی جا رہی تھی اور پھر ایک دم معدوم ہو گئی۔ اس کے بعد دروازے پر دستک ہوئی تھی۔۔۔ دور کہیں موجوں کا شور بڑھتا جا رہا تھا!

**

ہیلی کاپٹر کی گھن گھرج کانوں کے پردے پھاڑے دے رہی تھی۔ وہ بچیوں کو اپنے ساتھ لپٹائے بیٹھی تھی۔ سلیم بچیوں کے دوسری طرف بیٹھا انہیں اپنی پناہ میں لینے کی کوشش کر رہا تھا۔ ہیلی کاپٹر اس وقت انہیں لینے پہنچا تھا جب پانی روشن دانوں تک پہنچ چکا تھا۔۔۔

"شکر ہے اماں اور بابا یہ سب دیکھنے سے پہلے ہی اس دنیا سے چلے گئے ۔۔۔شاید اب تو ان کی قبروں کے نشان بھی باقی نہ بچیں۔۔۔ رہے نام اللہ

کا۔۔۔!" ثریا نے حد نگاہ تک پھیلے پانی کو دیکھتے ہوئے اپنے مرحوم والدین کے بارے میں سوچا تھا۔

خدا خدا کر کے ہیلی کاپٹر ایک میدان میں اترا تھا۔ وہاں انہیں ٹرکوں میں بیٹھا دیا گیا تھا۔ ٹرک آدھے گھنٹے کے سفر کے بعد ایک سکول کی عمارت کے آگے رکے تھے۔ وہاں پر موجود فوجی لوگوں کو ہدایات دے رہے تھے۔

"یہاں صرف بیس لوگوں کی گنجائش نکل سکتی ہے۔۔۔ باقی لوگوں کو کیمپ میں لے جانا ہوگا۔۔۔" ایک افسر دوسرے کو کہہ رہا تھا۔ ثریا نے ٹرک سے اترنے کی کوشش کرتے ہوئے سلیم کو ایک دم سے روک دیا تھا۔

"ہم کیمپ میں جائیں گے سلیم، یہاں نہیں۔۔۔" نجانے کیا دیکھ کر اس نے سلیم کو روک دیا تھا۔ سلیم نے حیران ہو کر اسے دیکھا تھا، پھر خاموشی سے ٹرک میں بیٹھ گیا تھا۔ ٹرک پھر روانہ ہو گیا تھا۔ اگلی منزل ایک خیمہ بستی تھی۔۔۔ ثریا مطمئن سی بچیوں کے ساتھ وہاں اتر گئی۔

بچیوں کے ہاتھ میں تھیلے پکڑا کر وہ سلیم کے ساتھ ٹرنک اٹھانے کو جھکی تو اس نے منع کر دیا۔ ثریا بچیوں کا ہاتھ پکڑ کر چلنے لگی۔ ہر خیمے میں کسمپرسی کی حالت میں گھروں کو چھوڑ کر آئے ہوئے لوگ تھے۔ وہ ایک پیچھے کو لگے خیمے کے آگے رک گئی۔ یہ خیمہ ایک طرف سے پھٹا ہوا تھا۔۔۔ اس کے اندر صرف ایک لڑکی گھٹنوں پر سر دھرے بیٹھی تھی۔ اس نے ان کے آنے پر سر اٹھا کر دیکھا تھا۔۔۔ ثریا نے ایسی ویران آنکھیں پہلے کبھی نہیں دیکھیں تھیں!

**

"مولوی صاحب میں اس خیمہ بستی سے آئی ہوں۔ یہ میری بیٹی نورین بانو ہے ۔۔۔۔ میں اس کا نکاح کرنا چاہتی ہوں۔" نورین نے سر اٹھا کر حیران ہو کر اسے دیکھا۔

"جزاک اللہ، لڑکا بھی ساتھ ہے!" مولوی صاحب نے انہیں بیٹھنے کا اشارہ کیا۔

"جی یہ میرے بھائی کا بیٹا سلیم ہے ۔۔۔۔" وہ نئے رشتے ترتیب دے رہی تھی۔

"قریشی صاحب، انور علی، جناب اصغر صاحب۔۔۔۔ حضرات یہ بچی کے نکاح کا کام ہے۔ آیئے اس کار خیر میں حصہ لیں۔" مولوی صاحب نے جماعت سے فارغ ہونے والے حضرات کو مخاطب کیا۔

"بیٹی یہ میری طرف سے نئی زندگی شروع کرنے پر۔۔۔۔" نکاح کے بعد قریشی صاحب نے بند مٹھی سے نورین کی جھولی میں کچھ ڈالا تھا۔ ان کی دیکھا دیکھی سب نے اسے سلامی کے طور پر کچھ نا کچھ دیا تھا۔ اس سیلاب نے بہت سے دلوں کی کثافتیں دھو ڈالی تھیں۔

تھوڑی دیر بعد وہ خیمہ بستی کی طرف واپس جانے کی بجائے ایک سڑک کے کنارے کسی سواری کے انتظار میں کھڑے تھے۔ دور سے آتے ٹانگے کو سلیم نے ہاتھ دے کر روکا تھا۔ بچیاں، ثریا، اور نورین پیچھے بیٹھ گئیں تھیں اور سلیم آگے

کوچوان کے ساتھ بیٹھ گیا تھا۔ ایک لمبی مسافت کے بعد ٹانگہ ایک گلی میں ایک دروازے کے آگے رکا تھا۔ سلیم نے آگے بڑھ کر تالا کھولا تھا۔ سامنے ایک چھوٹا سا صحن اور برآمدہ نظر آرہا تھا۔ برآمدے کے ساتھ ملحقہ باورچی خانہ اور کمرے تھے ۔ صحن میں ایک طرف غسل خانہ بھی تھا۔

"اس مکان کو گھر بننے میں کچھ وقت لگے گا مگر یہ گھر ضرور بن جائے گا ان شاء اللہ۔۔۔" اس نے مسکرا کر نورین اور سلیم کی طرف دیکھا تھا۔ نورین کے لبوں پر مدت بعد مبہم سی مسکراہٹ نظر آئی تھی۔۔۔ وہ سلیم کے برابر کھڑی تھی۔۔۔ سلیم مطمئن ہو کر سامان اندر کمرے میں لے جانے لگا۔۔۔

**

"لگتا ہے ہمیشہ سے یہیں رہ رہیں ہوں۔۔۔ اللہ تیرا شکر۔" ثریا نے چائے کا مگ صحن میں رکھی میز پر ٹکایا اور جمعے کے جمعے آنے والا اخبار اٹھا کر پاس پڑی کرسی پر بیٹھ گئی۔

سرخیوں پر نظر دوڑاتے دوڑاتے ایک خبر نے اس کی توجہ کھینچ لی۔

مکان کی کھدائی کے دوران انسانی ہڈیاں برآمد

سیلاب کے بعد واپس آنے والے خاندان نے جب نئے مکان کے لئے کھدائی شروع کی تو وہاں سے ایک انسانی ڈھانچہ برآمد ہوا۔ ڈیڑھ سال کا عرصہ گزر جانے کے باوجود لاش پر کپڑے موجود تھے اور قمیض کی جیب میں شناختی کارڈ اور گلے میں

تعویذ کی موجودگی پہچان کا باعث بنی۔ مالک مکان کا کہنا ہے کہ یہ اس کے بھائی اکرم کی لاش ہے جو سیلاب سے پہلے ایک عرصے سے لاپتہ تھا۔ سیلاب کے دوران اس کے بیوی بچے بھی لاپتہ ہو گئے تھے۔ اس کا کہنا تھا کہ وہ نہیں جانتا کہ اکرم کب واپس آیا اور سیلاب کے دوران اس کے ساتھ کیا بیتی۔

اس کے برخلاف گاؤں والوں کا کہنا تھا کہ یہ اکرم کو اس کے کرتوتوں کی سزا ملی ہے۔ اس نے اپنی بہن کے گھر سے بھاگ جانے کا بدلہ پنچایت کے فیصلے پر ایک بے گناہ یتیم بچی سے اس کی آبروریزی کر کے لیا تھا۔ آج اس کو قبر کی جگہ بھی میسر نہیں۔ اس دوران اکرم کی ماں بین کرتی رہی اور گاؤں والوں کے الزامات کو غلط قرار دیتی رہی۔ آخری خبریں آنے تک وہاں کہ ایم پی اے سردار جاوید کی مداخلت پر پولیس نے اسے ایک اتفاقی حادثہ قرار دے دیا تھا اور لاش ورثہ کے حوالے کر دی تھی۔۔۔۔

"پتا نہیں کس کو کس کے کرتوتوں کی سزا مل رہی ہے۔۔۔!"

ثریا نے مکمل خبر پڑھنے کے بعد سکون سے چائے کا کپ اٹھا کر منہ سے لگا لیا تھا۔ پھر اس نے احتیاط سے اخبار کو تہہ کیا اور اندر کی جانب چل دی۔ اس نے ٹی وی چلا کر مختلف چینل بدل کر دیکھے۔ ہر چینل پر یہ خبر کسی نہ کسی انداز میں پیش کی جاری تھی۔۔۔ اس نے مڑ کر سلیم کے کمرے کے بند دروازے کو دیکھا پھر آہستگی سے ہاتھ بڑھا کر کیبل کی تار کو ڈھیلا کر دیا۔ اب ٹی وی کی سکرین خالی تھی۔

"اب دو تین دن تو لگیں گے اسے ٹھیک ہونے میں۔۔۔" اس نے سوچا۔ پھر

وہ اپنے کمرے کی طرف چل دی۔ کمرے میں اس کی دونوں بیٹیاں ابھی تک سو رہی تھیں۔ اس نے دبے پاؤں چلتے ہوئے کمرے میں رکھے ٹرنک کا رخ کیا۔ ٹرنک کو احتیاط سے کھول کر اس نے اس کی تہہ میں ہاتھ ڈالا تھا۔ اس کے ہاتھ میں پلاسٹک میں لپٹی ایک پڑیا آگئی تھی۔ اس نے بہت محتاط انداز سے پلاسٹک کا لفافہ کھولا۔ پھر ایک نظر غور سے اس پیکٹ کو دیکھا۔۔۔ اس کے بعد اس نے تہہ کیا ہوا اخبار اسی لفافے میں رکھ دیا اور پھر ان دونوں چیزوں کو پھر سے ٹرنک کی تہہ میں دبا دیا۔

"ہو تو نہیں سکتا، مگر کیا پتا اس غیرت کی پھکی کی پھر کب ضرورت پڑ جائے ۔۔۔" اس بار اس نے ٹرنک کو تالا بھی لگا دیا تھا!!!

***